Trabajos manuales

RODRIGO FRESAN

Trabajos manuales
─────── ◆ ───────

PLANETA
Biblioteca del Sur

BIBLIOTECA DEL SUR

Diseño de cubierta: Mario Blanco
sobre una ilustración de Juan Fresán
Diseño de interiores: Alejandro Ulloa

© 1994, Rodrigo Fresán

Derechos exclusivos de edición en castellano
reservados para la Argentina, Chile, Paraguay y Uruguay.
© 1994, Editorial Planeta Argentina,S.A.I.C.
Independencia 1668, Buenos Aires, Argentina
© 1994, Grupo Editorial Planeta

ISBN 950-742-561-6

Hecho el depósito que prevé la ley 11.723
Impreso en la Argentina

Ninguna parte de esta publicación, incluido el diseño de la cubierta, puede ser reproducida, almacenada o transmitida en manera alguna ni por ningún medio, ya sea eléctrico, químico, mecánico, óptico, de grabación o de fotocopia, sin permiso previo del editor.

*Para Claudia,
por ser la forma de la felicidad*

Los escritores no son personas exactamente.
FRANCIS SCOTT FITZGERALD

*Lo que los civiles no entienden
—y para un escritor
todo aquel que no es escritor es un civil— es que la
escritura es un trabajo manual de la mente.
Un trabajo, como instalar cañerías.
Esa es la vida del escritor.
Uno empieza a escribir.
Uno termina.
Uno vuelve a empezar.*
JOHN GREGORY DUNNE

Para mí todo desembocaba en un libro.
ADOLFO BIOY CASARES

La Forma de Este Libro

En la Nota *con que el escritor Martin Amis abre su novela* Campos de Londres *puede leerse:* "...hay dos tipos de títulos para un libro; dos grados, dos órdenes. La primera clase de título se decide por un nombre para algo que ya está ahí. La segunda clase de título está presente todo el tiempo: vive, respira —o al menos lo intenta— en todas las páginas".

Este libro, a diferencia de lo que ocurre con mis dos libros anteriores —libros que en mi opinión no pueden llamarse sino como se llaman— podría escudarse detrás de varios títulos, todos ellos válidos y funcionales a la hora de definir sus tripas.

Este libro bien podría llamarse Entusiasmos y Perversiones.

O Libro de Citas.

O Libre Asociación de Ideas.

Todos ellos, como se ve, títulos de la primera clase.

Trabajos Manuales *es un título que, creo, pertenece a la segunda clase.*

Todas y cada una de las páginas de este libro se inscriben dentro del nombre de aquella materia que se cursaba, después del almuerzo, los viernes por la tarde en un colegio primario estatal y progre llamado Juan José Castelli —el más progre de nuestros próceres—; materia en la que, como todo buen zurdo, nunca me destaqué. El manejo de la tijerita de plástico punta roma y la consiguiente obtención del perfecto círculo de papel glacé metalizado, así como la búsqueda de ciertas precisas formas geométricas siguen siendo hoy utopías inalcanzables para mi persona.

Este libro está —por lo tanto— inundado de otras formas que sí conseguí alcanzar, o recortar, o por lo menos ver de cerca.

Este libro es diferente a mis dos libros anteriores por motivos que no tardan en manifestarse. Primero, no es una colección de cuentos; ni una pseudo-novela. Trabajos Manuales es en realidad una variedad de "curso de actividades prácticas" o "manual de instrucciones para su uso" que a pesar de haber sido publicadas, en algunos casos, a lo largo de años, en diferentes y variados medios —especialmente en Página/12 y Página/30—, con el tiempo se me revelaron como dueñas de una secuencia tan lógica como esquiva. Secuencia que enseguida me vi obligado a respetar aportando un número considerable de textos inéditos, correcciones radicales y experimentos varios hacia atrás y hacia adelante.

Me atrae la idea de que este libro funcione entonces como una suerte de viaje a la cabeza del que escribe mientras no está escribiendo, mientras se distrae sintonizando historias y fragmentos y anécdotas que quizá alguna vez pasen a ser parte de sus ficciones; como una entidad que contiene a todas esas posibilidades de libros que se presentan entre un libro y otro.

Por favor, antes de que alguien cometa alguna locura, Trabajos Manuales no es una enciclopedia ni lo quiere ser, aunque nada me causaría mayor placer que la idea de este libro descubriendo nuevos paisajes y nombres para el lector inquieto.

Trabajos Manuales es un libro mentiroso y mitómano y feliz de serlo. Lo que —suele ocurrir— no impide que sus realidades muchas veces superen a sus ficciones sabiendo que cada vez son más inciertas las fronteras que separan a una historia verdadera de una verdadera historia. Ejemplo: Andy Warhol jamás retrató a David Koresh y Franz Kafka nunca escribió un relato titulado "Breve Historia del Suicidio". El tratado de Xu-Dim Sobre Todas las Cosas Invisibles de Nuestro Mundo, *así como el escuadrón de la Luftwaffe cuya misión específica fue la de derribar los aviones de Glenn Miller y Antoine de Saint-Exupery no existieron jamás pero ahora existen a partir de este libro. Por otra parte, todo lo que aquí se cuenta sobre el pianista canadiense Glenn Gould es rigurosamente cierto.*

Insisto; nada me gustaría más que este libro funcionase como llave para otras muchas cerraduras de tantas puertas que conducen, siempre, a la felicidad: como un libro que no termina en este libro. Atrás quedó suficiente material como para un El Hijo de Trabajos Manuales, *así como varios relatos que no pasaron de su condición de boceto cuando el original superó el peso establecido.*

En fin y al fin: me gusta pensar en Trabajos Manuales *como una suerte de test psicológico casi infalible; como una delatora visita a la trastienda del asunto; como un estuche con repuestos en caso de emergencia; como una mutación polimórfica y perversa del género autobiográfico; como un agradecido e indisciplinado mapa; como un lugar adonde volver entre un cuento y otro; como una colonia de vacaciones que no cierra nunca; como —*John Cheever *dixit— la aceptación cabal de que "mi único objetivo fue el de contar* *historias que consigan integrar mi historia con la historia del mundo"; como una especie de Piedra Rosetta donde apenas se esconden las coartadas de los libros que pasaron y —para aquellos generosos y nunca del todo agradecibles lectores— las motivaciones de los libros que vendrán, de los trabajos manuales a realizar.*

Buenos Aires, junio de 1994

LA FORMA DE LO ABSTRACTO

Son las abstractas y breves crónicas del tiempo...

WILLIAM SHAKESPEARE

La Forma del Principio

A falta de un nombre mejor —un nombre que abarque todos los nombres— lo más indicado será llamarlo Forma. Un nombre que contenga todas las formas de este libro. Un nombre *seguro*, después de todo.

Algunas noches justo antes de dormirse —en el momento exacto en que el pensamiento se traduce a alfa y empieza a ser sueño, en el instante en que los mosquitos reales se convierten en mosquitos oníricos—, Forma no puede sino proponerse imaginar el aspecto físico del lenguaje.

Invoca entonces la sombra del primer lenguaje, del idioma original, el idioma en que todos hablaban y escribían antes de Babel.

Lo ve abandonar —por primera vez— las aguas de un río oscuro como la noche para sentirse anfibio. Lo mira sacudirse en la orilla.

Es un animal pesado, enorme y protegido por corazas de hueso y cartílago. Una mezcla de rinoceronte con ballena. Delfín al tacto y pupilas peligrosas.

Forma comprende entonces que la bestia cambia de forma por el solo placer de impresionarlo; que es esto y aquello mientras recorre todas las variantes de un bestiario imposible como si se tratara de diapositivas proyectadas contra las paredes internas de sus párpados.

Un animal que no se resigna a una sola especie, decide que es, cuando la bestia parece haber agotado todos los modelos exclusivos.

Una Gran Bestia, que lo mira fijo.

Forma la oye hablar y entiende. Y, con la comprensión total, accede a la fuente de todos los principios:

Un magnate periodístico deja caer una bola de cristal y pronuncia una última palabra, un nombre de trineo y de mujer.

Un hijo recuerda las palabras de su padre: "Cada vez que te sientas inclinado a criticar a alguien ten presente que no todo el mundo ha tenido tus ventajas..."

Un redoble de tambor y las primeras palabras de una canción: "Alguna vez te vestiste tan bien..."

Un mapa y una ciudad falsa y, ah, tanta gente yendo todas las noches a un bar llamado Rick's.

La Gran Bestia del Lenguaje le cuenta todos estos principios de historias que todavía no existen pero que —después de todo qué son varios millones de años— no tardarán en caminar hablando sus propios lenguajes sobre la faz de la tierra.

Forma descubre que esas historias lo han alcanzado para cambiarlo para siempre y que está bien que así sea.

Entonces —obligado por el más primitivo y onírico sentido de la cortesía— le cuenta a la Bestia lo que va a ocurrir tarde o temprano.

Le relata el caos de Babel, la insalvable herida de muerte y la curva peligrosa que impedirá que todas las historias sean una.

La Gran Bestia del Lenguaje lanza un aullido contra las

paredes marmoladas de la luna, lo atrapa cuando rebota y, sonriendo, le dice a Forma que no se preocupe, que de alguna manera, todas las buenas historias se las arreglarán para volver a ser comprendidas a lo largo y ancho del universo y que, más allá de su extinción, seguirá viviendo en todas y cada una de esas tramas. Lo único que debe inquietar a Forma —advierte la Gran Bestia— es quedarse sin historias para contar.

El día o la noche que te quedes sin historias, yo vendré a buscarte y dispondré de tu persona, explica la Gran Bestia. Así que, adelante, hablemos de otras cosas, tenemos tanto para hablar.

Y entonces pide que basta de hablar de cosas tristes. Mejor —mientras podamos— contemos historias.

Había una vez..., empieza la Gran Bestia.

Y se ríe otra vez, mientras Forma le acaricia el lomo pesado de cicatrices con su mano izquierda, la mano que él usa para escribir historias.

La Forma de la Mano

Francis Scott Fitzgerald, Glenn Gould, Alejandro Magno, Marilyn Monroe, Leonardo Da Vinci, Ringo Starr, Rafael, Harpo Marx, Guillermo Vilas, Napoleón, Albert Einstein, Lenny Bruce, Cole Porter, Iggy Pop, Carlomagno, Judy Garland, Pablo Picasso, Charles Chaplin, Kurt Cobain, Diego Armando Maradona, Dick Van Dyke, Atahualpa Yupanqui, Peter O'Toole, Paul McCartney, Lewis Carroll, la inflamable Juana de Arco y la lista continúa hasta alcanzarlo a usted. Fueron y son miembros de una minoría. Una de las últimas minorías de la sociedad. Una minoría que se las arregla para sobrevivir sin ninguna organización, sin ningún tipo de poder colectivo, sin objetivos claros ni sentido real de la identidad común.

Tijeras, cuadernos, instrumentos de cuerdas, chequeras, ojales y botones, palos de golf, teclados varios, agendas, manijas, escaleras, video-games, pupitres, palancas de cambios, libros que siempre se hojean de atrás para adelante y revelan su final son algunos de sus enemigos.

Porque son zurdos.

O siniestros, como les gusta decir a los diestros, que son mayoría y han ordenado el mundo a su antojo y comodidad.

Dios y Jesucristo son diestros.

Siempre lo fueron. Alcanza con mirar los cuadros: bendiciones y condenas con la diestra en alto. El débil Adán es zurdo en los techos restaurados de la Capilla Sixtina por designio del zurdo Miguel Angel. El Diablo, por su parte, siempre se presenta en eterna caída lanzando maldiciones a siniestra y siniestra con su mano siniestra.

Nada cambió con el correr de los siglos. Pitágoras recomendaba a sus discípulos entrar a los lugares sagrados "siempre por el lado derecho, que es divino, y abandonarlos por el izquierdo, que representa lo disoluto". Aristóteles fue aun más claro: "Lo bueno está a la derecha y lo malo a la izquierda", aseguró.

Siguiendo esta autoritaria línea divisoria, del lado izquierdo aparecen: todas las prostitutas de la antigua Roma, Jack el Destripador, los más hábiles pistoleros del Far West, el Estrangulador de Boston, el eficiente gangster John Dillinger, gran parte de los alcohólicos, la gente que se hace pis en la cama a edad avanzada, el siniestro novio de toda hija quinceañera, Ronald Reagan, los fracasados exitosos, los tartamudos. Todos ellos solían ser y son zurdos, más allá de la lista de celebridades antes mencionada.

En *Light Sleeper* —film de Paul Schrader— el protagonista Willem Dafoe distrae el insomnio escribiendo su diario y construyendo una lista de gente zurda. Forma no recuerda ahora —no se fijó en su momento— si el personaje de Dafoe escribía con la mano izquierda. Es posible que así fuera, ya que practicaba con cierto orgullo zen la profesión de *dealer* de drogas más o menos duras.

Una cosa es segura: la mano izquierda de un ladrón o

un asesino debidamente momificada funciona como *llave* liberadora de poderes singulares. Se entra en casas y en dormitorios de vírgenes. Se decodifican contraseñas y combinaciones. Se sumerge a segundos y terceros en sólidos trances hipnóticos o —mejor aún— vuelven invisible al portador de la reliquia conocida como Mano de Gloria con sólo recitar la siguiente oración antes del crimen: "Haz que los que descansan duerman más profundamente, haz que los despiertos en vela permanezcan. Oh, Mano de Gloria, derrama tu luz; dirígenos a nuestro botín esta noche".

Amén.

No importa que el número de escritores zurdos se haya duplicado durante la última década. La explicación es bastante obvia, después de todo, y alcanza tanto a banqueros y cirujanos como a escritores. Hoy, las maestras ya no atan al pupitre la mano izquierda de sus alumnos zurdos, y los padres ya no aterrorizan a sus hijos siniestros con historias más siniestras todavía acerca de las desgracias que acarrea haber optado por la mano equivocada. Zurdo sigue siendo una mala palabra, aunque la izquierda ya no sea lo que era.

En ruso, por ejemplo, equivale a "poco confiable".

En inglés, la vieja expresión *cack-handed* significa, sí, *mano de caca*. La más moderna *left* o *leftie* sirve también para señalar "aquello que sobra" o los indeseables restos de una comida. La superstición popular asegura que conocer a un zurdo en cualquier día de la semana —con la excepción del martes— trae muy mala suerte.

Martes —o *Tuesday*— es el único momento donde los siniestros pueden permitirse la destreza de ser más o menos nobles. Tuesday equivale a *Tiw's Day* —el día de Tiw— y Tiw es el dios zurdo de los escandinavos.

Así, en algunas partes del planeta todavía sobreviven escuelas de pensamiento siniestro. Así, los pájaros que vuelan hacia la izquierda representan mal agüero.

Un escozor persistente en la palma, por lo contrario, puede llegar a traducirse como buena fortuna en camino. Forma recuerda ahora el barrancón de un circo austral, la tienda escarlata de la adivina, la cruz de plata que le trazó en su mano izquierda antes de leerle la vida y la sonrisa piadosa sin dientes de la vieja cuando Forma le mostró la mano que utilizaba para escribir, la mano que utilizaba para borrar, la mano condenada que —aun así— tantos placeres había aprisionado entre sus dedos.

¿Qué han hecho los zurdos para merecer esto? Misterio.

Lo cierto es que, más de dos millones de años atrás, alguien caminaba por las planicies africanas. Una criatura simiesca de cerebro pequeño y baja estatura. Australopithecus. Un momento: este proyecto de homo-sapiens sostiene algo, un hueso de antílope. Y lo sostiene con su diestra. La mano con que procederá a golpear el cráneo de un igual, cuyo único pecado fue el de agarrar el hueso de antílope con la mano equivocada.

Sépanlo: el Universo todo —así como gran parte de las especies conocidas— es diestro.

Los relojes, las galaxias, los electrones, incluso los genes del ADN giran hacia a la derecha.

Mírenlos girar.

Mírenlos. Son subversivos resignados en un sistema que no los comprende porque fue pensado para otro tipo de personas.

James De Kay —especialista en el tema— explica: "Los zurdos tienen la enervante costumbre de pensar elípticamente mientras que los diestros lo hacen en línea recta. El tren de acción de un zurdo que se propone viajar de A a B va a pasar por Z antes de arribar a destino. Los zurdos piensan de manera tortuosa, poco elegante y —detalle importante— sin lógica alguna".

Esta divertida aunque dudosa generalización ayuda a explicar el porqué de tantos artistas y dementes zurdos.

Los historiadores barajan incluso la posibilidad de que —otra vez De Kay— existan "...épocas zurdas. El Renacimiento, por ejemplo. Y junto con las artes crecen las guerras, los asesinatos, las confabulaciones y siniestros varios".

Por otra parte, una reciente encuesta concluyó que los zurdos —el siniestro novio de toda hija quinceañera incluido— son mejores y, sí, más imaginativos amantes que los diestros, tal vez por aquello de pasar por Z antes de llegar a B.

Los mismos historiadores y especialistas de antes coinciden en que cada vez hay más zurdos.

Lo que llevará, en apenas un par de siglos, a una total reformulación de lo conocido.

Se rediseñarán ciertos objetos. Forma será parte de una mayoría triunfante y dejará que Amnesty International se ocupe de esos pobres tontos que se quejan con la mano derecha.

Y el Universo girará a la izquierda.

Y Dios será zurdo.

En el último episodio Forma se había resignado a la idea de que Dios y el ADN son diestros y que todas y cada una de las partes del universo giran hacia la derecha. Lo que lo coloca a él y a ellos, los zurdos, en una situación particularmente incómoda.

Viven y se mueven en permanente batalla contra un orden que no sólo ignora sus necesidades básicas sino que también se burla de sus particularidades: "Contrate un zurdo; es divertido verlos escribir", decía un prendedor con el que Forma se cruzó el otro día.

Así están las cosas: una de cada diez personas es zurda, la mayoría de los zurdos pertenecen al sexo masculino y no se admiten devoluciones una vez que se ha retirado de la ventanilla.

El Dr. Ben Spock —ultra permisivo pediatra de pediatras y responsable indirecto de más de algún asesino serial suelto por allí— recomienda desalentar todo principio de izquierdismo. Pero aun así, las apasionadas madres dispuestas a convertir zurdos en diestros mediante sistemas represivos están advertidas: su hijo tendrá altas posibilidades de convertirse en un rematado idiota y, después de todo, nadie se muere por no sacar nunca la sortija —siempre a la derecha del caballo de madera— en la maldita calesita del barrio.

Y aquí vienen marchando las nunca del todo bien ponderadas conclusiones psicoanalíticas, listas para sumarse a toneladas de difamante papel impreso: los zurdos son testarudos, hipersensibles, impulsivos y —por lo general— una verdadera vergüenza para sus familias.

Del otro lado del preconcepto se ubican las palabras del neurocirujano Joseph Bogan: "Los diestros son como un ejército de soldaditos de plomo. Al ver uno se los ha visto a todos. Los zurdos, en cambio, son un asunto completamente distinto".

Así —a diestra y siniestra— se acumulan versiones, desmentidos y la espada zurda de Juana de Arco se funde con la apasionada apología de la mano izquierda escrita por Benjamín Franklin o con la primera página de las memorias de Evelyn Waugh, donde puede leerse que "Sir Osbert Sitwell dedicó su gran autobiografía a la mano izquierda. Que, por reputación, revela las características heredadas en el instante de nuestro nacimiento, mientras que la diestra será la encargada de abarcar las experiencias y logros de las vidas por venir. En la infancia nos guía la mano izquierda; en la adultez parecemos completamente diestros, controlamos nuestro destino en su totalidad; entonces, con el pasar de los años, recuperamos ciertos gestos de aquellos días lejanos cuando todos éramos zurdos".

Forma no está del todo seguro de haber entendido los aspectos científicos del fenómeno pero aun así —zurdo, después de todo, y pasando por Z antes de llegar a B— intentará aquí una siniestra aproximación al fenómeno que hoy lo atormenta.

Lo más cercano a la verdad —casi siempre ocurre— se esconde en las poco transitadas carreteras de los dos hemisferios del cerebro.

El primero se ocupa de lo motriz y el segundo de lo exclusivamente "sensorial".

El primero es reflexivo; el segundo es el que se limita a observar.

El primero planifica; el segundo improvisa.

El primero es el hemisferio derecho y el segundo, obvio, es el hemisferio izquierdo.

Trabajos manuales

Como consecuencia de puntos de vista tan disímiles, los dos hemisferios se la pasan compitiendo hasta que uno gana. En contadas ocasiones el vencedor es el lado izquierdo. Y es entonces cuando empiezan los problemas antes mencionados. La batalla es tan cruenta que —de acuerdo con los últimos despachos— los científicos comienzan a juguetear con la idea de dos cerebros diferentes funcionando en poco comprometido tándem.

Los especialistas Levy y Nagilaky llegan todavía más lejos al proponer la lateralización del cerebro como factor determinante junto al trabajo de dos genes en frágil interacción, cada uno de ellos funcionando con dos formas posibles de expresión.

Un gen —piensan— determinará cuál de los dos hemisferios controlará el habla. El otro gen elegirá la mano a dominar, y así hasta llenar todos los casilleros; con lo que la teoría del entrecruzamiento de información se pierde por la más gloriosa de las alcantarillas teóricas.

Llegado a este punto es cuando surgen grupos de fractura que definen todo el asunto como bla-bla-bla imposible de comprobar. Teorías que optan por despreciar el rol protagónico del cerebro y aseguran que la pura verdad está en los estímulos recibidos por el recién nacido, y a otra cosa.

Todo hace pensar que la certeza se encuentra lejos de ser iluminada. Cuesta comprender todo esto. Lo cierto es que Forma todavía no sabe atarse los cordones de sus zapatos.

Mientras tanto, la mayoría de los astronautas son zurdos y la mayoría de los zurdos incurren en actitudes lamentables a la hora de pronunciar un discurso.

La historia continúa, con los zurdos complaciéndose y consolándose en el recuento de situaciones injustas y de divertidas venganzas porque, de acuerdo, llegada la Edad de Bronce todas las herramientas eran diestras pero hasta hoy los mejores tenistas de la historia son zurdos.

Así, el clan escocés y zurdo de los Kerr venció a sus enemigos construyendo, en el interior de su castillo, escaleras zurdas y esperando en el piso de arriba a los desorientados invasores. Lo que no impidió que siglos más tarde, el presidente zurdo Gerald Ford cayera siempre cayera rodando por las ambidextras escaleras del Air Force 1.

La clave para los zurdos está en aguantar con estoicismo sabiendo que, al morir, el diestro parque de diversiones celestial de un Dios diestro les estará negado de antemano. Por eso pecan con sonrisa siniestra; de ahí tantos nombres siniestros haciendo lo suyo con la zarpa equivocada a la hora correcta.

Apenas les estará permitida la redención terrena de pasar los últimos años de sus siniestras existencias en Left Hand, West Virginia, USA, cuatrocientos cincuenta habitantes y todos y cada uno de ellos un zurdo orgulloso y feliz y diferente.

Las tardes en Left Hand, dicen, son largas y frescas y a nadie le importa que uno vaya con los cordones desatados.

Las agujas del reloj caminan al revés en Left Hand y todos los martes se honra la gloria y la memoria del Gran Tiw.

Allá será feliz, piensa Forma.

Al fondo y a la izquierda.

La Forma del Amor

Guste o no, dos de las fuerzas más poderosas que gobiernan el universo —el amor y la teoría de la relatividad— son abstracciones tan similares como engañosas.

La fuerza del amor y la fuerza de la relatividad son, sí, relativas. Ninguna de estas fuerzas goza de un cuerpo concreto. No se puede decir: "Ahí va el amor, ese que cruza la calle y le da la mano a la relatividad". Sólo se puede invocarlos mediante conceptos absolutos o relativas historias casi de amor.

Albert Einstein —a la hora de convencer a segundos y terceros sobre el carácter relativo del tiempo— apeló al inteligente subterfugio de los relativos vagones de un relativo tren en relativo tránsito hacia ese relativo lugar sin mapa llamado X.

Cuando se trata del amor, la cosa no es tan sencilla. Dado lo imprevisible de su conducta, ni siquiera puede arriesgarse una teoría sobre el amor y, claro, el amor no es un simple tren relativo, por más que goce y comparta los contundentes modales de una locomotora a la hora de atropellar al incauto que se arriesga y se duerme al calor de sus rieles. Además, no tiene ninguna gracia teorizar sobre el amor. Al amor hay que llevarlo a la práctica. Descubrirlo mientras se avanza por sus innumerables pasillos que no conducen a ningún lado o conducen a todos. Hay que abrir puertas. Hay que atenerse a las consecuencias que esperan, apasionadas, detrás de esas puertas abiertas que ya nunca volverán a cerrarse.

Una breve aunque simplista definición del fenómeno:
Amor (m): Sentimiento que inclina el ánimo hacia lo que le place / Sentimiento apasionado hacia una persona de otro sexo / Persona u objeto amado: *amor mío*.

Ahora, una fallida historia del amor:
En el principio era el amor. Todo se hizo, se hace o se hará en nombre del amor o, si se lo prefiere, su contrapartida: el odio, que es más o menos lo mismo, sólo que su polaridad es negativa. Siempre hubo gente que mató por amor, gente que murió de amor y gente que mató por amor para —acto seguido— morir de amor. Lo que —sabiendo que se trata de una entidad cuya composición es ciertamente esquiva— convierte a todo el asunto en algo decididamente inquietante.

Se sabe que a lo largo y ancho de la historia, los hombres no han dejado de interrogarse acerca de los cómos y porqués de esa indomable emoción que surge en determinados encuentros y que —si bien el amor es el ojo de la cerradura del sexo— difiere claramente del impulso sexual *per se*.

"Recuerdo haber leído en alguna parte", dice James Spader en *Sexo, Mentiras, y Video*, "que los hombres aprenden a amar aquello que los atrae, mientras que las mujeres se sienten más y más atraídas por la persona que aman".

"El problema tiene que ver con la definición", apunta el científico Stephen Jay Gould. "La palabra *amor* tiene cientos de diferentes significados. Está el aspecto que incumbe exclusivamente a la pasión sexual (y debemos tener presente que, en el principio, pasión equivalía a sufrimiento); hay otro aspecto del amor que se relaciona con aceptar y acostumbrarse a las particularidades del otro; y otra cara del amor que se basa en la idea de envejecer junto a una persona. Son todas formas muy diferentes y desearía que existiera una palabra para cada una de ellas", suspira.

Cuando le preguntaron a William Faulkner por qué aparecía en tan pocas ocasiones el amor en las páginas de sus libros, se limitó a contestar: "Es un tema demasiado importante para ser evocado en un libro. Le falta el secreto".

El especialista Vernon W. Grant explica en *Enamorarse: Psicología de la Emoción Romántica* que el acto de enamorarse "es un reflejo eminentemente selectivo: sólo nos sentimos atraídos románticamente por personas con rasgos y características que parecen excepcionales, diferentes, un tanto misteriosas. En comparación con la sexualidad física, la emoción amorosa ha sido poco investigada... Sigmund Freud, reconociendo la diferencia entre las dos fuerzas, sostuvo que en determinadas condiciones el Uno se convierte en el Otro, pero muchos han encontrado su explicación poco satisfactoria".

Así, Freud terminó reconociendo: "En verdad sabemos muy poco sobre el amor". Woody Allen concluye *Hannah y sus Hermanas* con la inmortal frase: "El corazón es un músculo muy elástico". Y Ringo Starr, en una de sus últimas canciones, confiesa: "No tenemos la menor idea sobre el amor". Con esto quiere decirse que personas tan diferentes como Sigmund Freud, Woody Allen y Ringo Starr llegan a las mismas conclusiones cuando de amor se trata.

Algunos camaradas de Freud —algo eclipsados por la estrella del Gran Inconsciente Vienés— optaron por un concepto diferente de la emoción romántica, prefiriendo dedicarse al análisis de otros reflejos dentro de la gigantesca estructura de lo emocional. Sus puntos de vista sobre el tema fueron muy parecidos a los de los poetas y los novelistas que a través de la historia han celebrado este fenómeno. De este modo Romeo y Julieta, Harry y Sally, Abelardo y Eloísa, Batman y Gatúbela, Emma y Rodolphe, Humbert Humbert y Lolita, Drácula y Mina, Ana Karenina y Vronski, Otelo y Desdémona, y tantas otras criaturas de la imaginación se convierten —paradójicamente— en las personas y personajes más autorizados cuando se trata de explicar las mareas de lo amoroso.

Tal vez por eso se desmorona con tanto estruendo el intento de una historia del amor, el inútil subterfugio de enumerar siglos y civilizaciones. Y, en cambio, avasalla la incontenible avalancha de historias de amor que parecen reproducirse aquí y allá con la prepotencia de entusiastas conejos. No se puede teorizar sobre el amor. Se puede —en cambio— *contar* historias de amor, intuye Forma.

Tarde o temprano uno se enamora. Es imposible escapar al contagio —como bien apuntara el escritor norteamericano John Cheever: "El hombre no es simple. La espectral compañía del amor siempre junto a él".

En *El Amor en Fuga* —film de François Truffaut— un

adulto y confundido Antoine Doinel se preguntaba sobre la naturaleza del enamorado para enseguida responderse: "Estar enamorado es cuando uno actúa en contra de sus intereses".

"Creo en el amor, creo en cualquier cosa", se resigna el escocés Lloyd Cole en una de sus mejores canciones.

Así se construye la emoción y la paradoja: el relámpago del amor, esa luz que todo lo ilumina, equivale en realidad a agenciarse todo un nuevo juego de sombras, y aquellos que se resisten al torrente son los que, tarde o temprano, hacen más ruido en su caída y llaman a nuestras puertas con pupilas brillantes y sonrisa idiota para contarnos el último e imprescindible episodio de su creciente saga amorosa.

Se sabe que uno está enamorado cuando asume con igual naturalidad una u otra parte de este libreto minimalista:

—Te amo.
—Yo también.
—Yo más.
—No, yo más.
—No, yo más.
—No, yo más.

Y así *in aeternum*.

Pero lo cierto es que —a falta de una fotografía confiable del sujeto llamado Amor y un informe sobre los lugares que frecuenta— puede reconocérselo en la presencia de ciertos inequívocos síntomas que preanuncian y confirman aquello de "el amor ha llegado aquí para quedarse".

Por ejemplo:

* Se comprueba que el mundo entero parece moverse con la cadencia de una de esas comedias musicales cocinadas durante los años más gloriosos de Hollywood. Uno de esos films donde el joven enamorado se encuentra con su mejor amigo, le palmea la espalda, lanza un "Déjame que te explique, Mike..." y la música parece descender desde las alturas y todos cantan como si fuera lo más normal. En ese sentido vale rescatar dos pedazos de celuloide, que se insinúan como defintivos a la hora de mostrar: *a*) la exaltación del amor romántico (Gene Kelly cantando en la lluvia), o *b*) la depresión del enamorado solitario (Rex Harrison reconociendo a su pesar: "Me acostumbré a su rostro", casi al final de *My Fair Lady*).

* Se descubre el costado de fantaseador patológico. Todo se ofrece como material disponible para invenciones exageradas y, sí, querida, nuestra historia es digna de un libro, de una canción, de una película; pero no mires a cámara. (Ver, por ejemplo, *El Gran Gatsby*, cuando el héroe admite: "No tengo palabras para describirte la sorpresa al comprender que la amaba, camarada... Me encontraba allí, lejos de mis ambiciones, enamorándome más a cada minuto y de improviso no me importó. ¿De qué me servía hacer grandes cosas si la pasaba mejor contándole a ella todo lo que pensaba hacer?").

* Se presenta una tan curiosa como irresistible tentación de impresionar a alguien mediante acciones estúpidas, del tipo "Mirá, sin manos, amorcito", y el rostro en el espejo parece adquirir, de a poco pero a ritmo sostenido, el intrépido perfil de Lawrence de Arabia, Sir Richard Burton, Indiana Jones. Se comprende entonces la metamorfosis en eufóricos aventureros dispuestos a adentrarse —sin mapa ni brújula alguna— en un territorio desconocido y largamente deseado.

* Se corre mucho sin destino alguno. Curiosamente, la imagen más romántica que puede invocarse no es la de una pareja tomada de la mano, sino la de un desaforado dando zancadas de aquí para allá. Mayores datos y amorosas carreras paradigmáticas que involucran final feliz, final posiblemente feliz o final trágico: Dustin Hoffman en *El Graduado*, Woody Allen en *Manhattan*, Billy Cristal en *Cuando Harry Conoció a Sally...*, Jean-Pierre Léaud en cualquier film del Ciclo Doinel, Jimmy Stewart en *Qué bello es vivir*, Marlon Brando en *Ultimo Tango en París* y siguen los nombres.

Mírenlos correr.

Las mujeres, aparentemente, corren menos. Las mujeres prefieren que los hombres corran hacia ellas.

* Cuando se está con esa persona las vidas de los otros no tienen ningún sentido.

* La vida no tiene ningún sentido si no se puede estar junto a esa persona.

Mientras tanto, en otro lugar de la ciudad:
—Yo más.
—Yo más.
—No, yo más.
—No, yo más.

Otra posible aproximación al asunto: "De todas las fuerzas, el amor es la más extraña. El amor puede hacer que una mujer levante un ómnibus, o puede aplastar a un hombre bajo el peso de una pluma. O simplemente dejar que todo siga como estaba ayer o estará mañana. Esa clase de fuerza es el amor". Martin Amis.

Puede intentarse otra estratagema a la hora de flechar una definición posible: dividir al amor en *a*) filial, *b*) platónico, *c*) de mis amores, *d*) de mi vida.

Los resultados serán igualmente ingratos y gratificantes: el amor se reirá a carcajadas ante estos tristes intentos de autopsia, ante la incesante búsqueda de una definición que permita convertirlo en una ciencia exacta y peligrosa, como la postulada por —otra vez— John Cheever en su perfecto cuento "La Geometría del Amor"; ciencia que acaba arrastrando a su blasfemo y esquemático protagonista al desamor, la enfermedad y la muerte.

De ahí, este nuevo puñado de cautelosas e irreconciliables aproximaciones a lo desconocido:
* "Uno no elige la persona de la que se enamora. Hay tan pocas personas para amar. Es casi imposible encontrar a esa persona", afirma todavía Katherine Hepburn.
* "Me enamoro todo el tiempo, me enamoro cada cinco minutos", susurra Brittany York, página desplegable de la revista *Playboy*.
* "Amor es nunca tener que pedir perdón", decía el astuto slogan del film *Love Story*.
* "Amor es tener que pedir perdón cada cinco minutos", proclamaba una cínica remera de aquellos tiempos.

Más allá de las contradicciones, una cosa es cierta: si el cuerpo humano representara un calendario de la historia de la humanidad, el estallido del amor sería algo así como una Revolución Francesa proclamando que los días de gloria han arribado al organismo, derrumbando palacios al grito de: "Todo lo que necesitas es amor".

Por eso, en la noche más importante de *La Montaña Mágica*, después de haber postulado aquello de "Amar, amar, ¿qué es eso? ¡Oh! El amor no es nada sino una cosa insensata, prohibida, una aventura en el mal. Si no es así, es apenas una banalidad agradable, sólo útil como inspiración para tranquilas cancioncitas de las llanuras", un desbocado Hans Castorp le revela en buen francés a la impredecible Claudia Chauchat: "El cuerpo, el amor, la muerte... Esas tres cosas no hacen más que una".

Más didáctico pero igualmente sentencioso es el científico acuariano Harold Benjamin, especialista en la química del amor, cuando explica: "La persecución de la felicidad y del amor es parte importante en la lucha contra el cáncer y otras enfermedades virósicas".

Se ha comprobado que la risa genera anticuerpos altamente especializados en el combate contra tumores y células infectadas, y que los enamorados se resfrían mucho menos que el resto de los simples mortales. Todas esas sensaciones indignas de ser verbalizadas —escucho el sonido de campanas, su solo recuerdo me hace sentir más feliz, encuentro su perfume en todas partes, etc., etc.— no son más que las señales emitidas por el organismo, una forma de agradecer y preservar para así disfrutar mejor de todo lo que vendrá.

El amor es la cura, pero —paradójicamente y como bien canta Leonard Cohen— no hay cura para el amor. "Uno sabe que está verdaderamente enamorado", insiste Cohen, "cuando disuelve su estrategia en nombre del otro".

Más tarde, en el mismo lugar.

Ellos se arrojan el uno contra el otro, como si buscaran fundirse. Les irrita la obstinación de la carne pero aun así no dejan de intentarlo. Cuando lo han conseguido —ese improbable momento en que todo desaparece— ya ni sus cuerpos importan. Son víctimas voluntarias de una paz que supera todo entendimiento. Entonces oyen algo: un perro ladrando en la calle, un auto.

El mundo se ha encendido otra vez. Y entonces, como si alguien hubiera oprimido un interruptor, o accionado una palanca:

—Te amo —dice él.
—Te amo —dice ella.
—Yo más.
—No, yo más.

Hasta que, un día cualquiera, uno de los dos no insiste. Él, finalmente, la ama más que ella a él. O viceversa. Quizá esas palabras son el eco de algo que ha quedado atrás, en un lugar al que no se puede regresar porque —recuerden— se llegó allí impelido por los vientos de un instinto llamado amor, un dulce sismo que ya no obedece ni atiende invocación alguna.

El amor salió a comer y dejó colgado un mentiroso cartelito en el picaporte. Todo cambia, entonces. La conversación vira a monólogo y la emoción de un atardecer escarlata en una derruida mansión sureña llamada Tara o la niebla del adiós descendiendo sobre Casablanca se antojan como torpes maniobras sentimentaloides destinadas a seres inferiores e ingenuos que creen en cualquier cosa.

Como dice aquel último y despiadado verso de John Lennon: "El amor es querer ser amado".

"Tu amor me salva y me sirve", como supo dividir Charly García entre lo lírico y lo práctico.

"¿Te amo? ¿Te odio? Tengo un corazón disléxico", como se justificó Paul Westerberg.

Entonces el polvo del desencanto se posa sobre el bovarismo solipsista y se sospecha —y se busca confirmar a toda costa— una nueva definición del amor, una que abrigue y consuele: tal vez el amor sea apenas un sofisticado ejercicio de egoísmo; una pelota arrojada contra la pared del otro, para que rebote, brillante, hacia el lanzador. Sí, eso debe ser.

No se volverá a caer en semejante burda tentación.

(No es casual que, en inglés, enamorarse se diga *to fall in love*. Uno cae en el amor, se derrumba víctima de un influjo mucho más grave que el de la ley de gravedad.)

De ahí en más, los hábitos se modifican. Se canta, con Fito Páez: "Cada vez que pienso en vos, fue amor". Se repite hasta creer el mantra de John Cassavettes en *Torrentes de Amor*: "El amor está muerto. Es una fantasía que sólo se le ocurre a las nenitas".

Y, en semejante estado, se retrocede espantado ante la imagen de parejas perfectas o no tanto. Se esquivan las reuniones. Se escuchan otras canciones y se alcanza la maestría en cierta literatura poblada de hedonistas asesinos seriales.

De vez en cuando, un whisky en un bar acerca el *dejá-*

vu epifánico, el eco de aquello que se creía olvidado y bien escondido, y entonces sólo queda asemejarse al triste Ray Milland de *Días sin Huella*, cuando descubre que: "El amor es la cosa sobre la que más cuesta escribir. Es tan engañosamente simple... Sólo se lo puede atrapar en los pequeños detalles. Los primeros rayos del sol de la mañana golpeando el frente de tu casa. El sonido del teléfono repicando como la *Pastoral* de Beethoven. Una carta improvisada en una estación de tren para siempre en tu bolsillo porque tiene el aroma de todas las lilas de Ohio... Sírveme otro, Nat".

La vida se mueve en cámara lenta hasta que uno tropieza con aquella foto, con aquel libro subrayado por ella, y vuelve a reconocer aquel destello que creía perdido para siempre. Es entonces cuando el expresionista blanco y negro de la vida parece mutar, una vez más, a los demenciales colores del technicolor.

Y se abren los ojos y los oídos a aquella melodía que retorna; y se exhala el último bostezo de ese invierno privado; y vuelve a practicarse el sonido y la modulación de aquellas palabras: "Yo más" (no suenan tan mal después de todo); y se piensa que, sí, hoy es el día: ha llegado esa perfecta mañana en que uno volverá a enamorarse.

La Forma de la Infancia

De vez en cuando, los colores vuelven a parecerle a Forma tan brillantes como entonces.

De vez en cuando regresa esa sensación que —le dicen— es similar a la extraña nostalgia que experimentan algunos ante la presencia de paisajes y perfumes que ya no existen.

Forma experimenta ese regocijante sismo que nos devuelve al tiempo en que el disco rígido de la existencia estaba virgen de archivos. Al principio de todo. A esa puerta que se abría, siempre, con un *Había una vez...*, para cerrarse con el delicado chasquido de *...y vivieron felices y comieron perdices*.

Claro que Forma nunca tuvo del todo claro el tema de la felicidad y las perdices.

¿Las perdices hacían a la felicidad? ¿Se era más feliz cuanto más perdices se comía? ¿O acaso la felicidad se hacía pública sólo masticando perdices?

Forma nunca comió perdices. Nunca se consideró una persona especialmente feliz, claro.

Por otra parte, cada vez que supo alcanzar las alturas

más vertiginosas de la dicha jamás pasó por su cabeza la idea de comer perdices.

Forma nunca comió perdices.

Ahora que lo piensa, ¿las perdices tendrán gusto a conejo?

Todas las aves tienen gusto a pollo o a conejo.

Pero, ah, ¿por qué esa función fronteriza y liminar de las perdices?

Nada aclara Bruno Bettelheim en su exhaustivo ensayo sobre las zonas oscuras y las habitaciones peor iluminadas de los cuentos infantiles. Ni siquiera el siempre confiable *Pequeño Larousse Ilustrado* resulta de gran ayuda a la hora de encontrar significados alternativos a la realidad y a lo obvio:

Perdiz (f.): Nombre vulgar de diversos géneros de gallináceas. Muy preciadas como caza.

Concepto este último que no hace más que confirmar la idea de que la felicidad difícilmente surja de uno. A la felicidad hay que perseguirla, pegarle un tiro, arrancarle hasta la última pluma y cocinarla a fuego limpio.

"La esperanza es una cosa sin plumas", aseguraba la reclusa Emily Dickinson. La felicidad, aparentemente, también.

Si, en lugar de la consabida fórmula antes mencionada, los cuentos cerraran con un "...y vivieron pimpantes y mascaron elefantes", la digestión de la euforia sería seguramente más lenta, así como más duradera, gracias a los buenos oficios del freezer; sin descartar un buen par de colmillos de mármol para adornar el salón principal del palacio.

En las contadas oportunidades en que Forma se atrevió a interrogar a sus mayores acerca de las misteriosas perdices, éstos no hicieron más que palmearle la cabeza con la ternura que se le dedica a un primate precoz para enseguida perturbarlo con: "Pero decime, ¿no te parece mucho más raro que el príncipe se case con una rotosa, por el simple hecho de que el zapatito no le apriete y le quede bien?".

La verdad, piensa Forma, *algo* de razón tenían.

Así han pasado los años y él ha dejado de indignarse frente a ese último cuadrito que en letra pequeña revelaba que todo había sido un sueño húmedo de Luisa Lane, tan sólo una "aventura imaginaria".

Pero el misterio de las perdices continúa pareciéndole tan respetable como el de aquel trineo marca Rosebud.

El tránsito por ese largo y sinuoso sendero de la vida le ha hecho comprender que no hay especie que aguante el desenfrenado ritmo de la infancia.

Nada le cuesta creer, por lo tanto, que en esos reinos de verdes praderas ya no quedan perdices para vivir felices.

Y así comienzan los problemas.

Se le hace fácil imaginar a príncipes y princesas intentando primero la vergonzante alternativa del conejo.

Pero no... no es lo mismo: "...y comieron conejo y fruncieron el entrecejo".

De ahí en más, el príncipe de la Cenicienta fue descubierto en la alcoba de Blancanieves y la Bella Durmiente reincidió en arranques histéricos de narcolepsia mientras los siete enanitos procedían a la violenta deforestación del bosque aumentando así el diámetro del agujero de ozono.

Así fue como Forma los vio por anteúltima vez, justo antes de dejar de creer en ellos y en los finales inapelablemente felices.

Así: alucinados, proclives a las explosiones de violencia

y de llanto mientras perseguían sin ver ni oler ni gustar el fantasma de las perdices, con la misma pasión que antes habían dedicado al exterminio de las brujas y a la invocación de las hadas.

Le dieron lástima. Todos y cada uno de ellos. Tal vez por eso decidió consagrarles una última ofrenda de su buena voluntad, un práctico regalo de despedida.

Forma imaginó entonces a un hombre con sonrisa de tahúr que venía de tierras lejanas. Un hombre que no demoró en desplegar planos, hablarles de porcentajes y participaciones en la empresa para —justo antes de la cínica reverencia y la firma de contratos— presentarse así: "Ha sido un gusto tratar con ustedes. Mi nombre es Walt Disney".

Y ellos firmaron, claro.

Y vivieron felices, supone Forma.

La Forma de la Familia

Ya saben. Aquella llamada telefónica a un disc-jockey de Detroit anunciando: "Paul está muerto". La historia aparece en todos y en cada uno de los libros autorizados o no: los cuatro Beatles cruzando la calle, un paso de cebra en St. John's Wood.

John —con su traje blanco— ocupando el lugar del médico forense.

Ringo —de traje oscuro— cumpliendo las funciones del representante de la funeraria.

George —con blue jeans y asumiendo aires de sepulturero— en el último lugar de la fila.

Y el supuesto doble de Paul —descalzo, con el paso cambiado y un cigarrillo en su mano derecha, cuando todos sabían que McCartney era zurdo.

Y la patente de ese Volkswagen estacionado en segundo plano, sonriendo un *28 IF* —la edad de Paul, *si* (if) siguiera vivo.

En realidad, claro, estaban muertos los cuatro.

Cuando cruzaban la calle ya eran cuatro personas diferentes, cuatro partes de un átomo dividido para siempre.

Los Beatles habían pasado a mejor vida, el sueño había terminado.

Pero Forma no está aquí para repasar un fragmento de historia psicodélica.

Si se observa con atención el diseño original de la cubierta de *Abbey Road* se descubrirá —sin mayor esfuerzo y sobre la vereda derecha— la figura de un hombre de pie junto a un vehículo que parece una ambulancia negra.

Ese hombre es él. Y ese instante en que el tiempo se detuvo y los cuatro Beatles fueron atrapados entre las dos orillas de la calle fue uno de los momentos más importantes de su vida.

Forma recuerda haber pensado entonces que John *tenía* que ser más alto, que siempre le había parecido más alto en las fotos.

Hoy —en la tapa de *Abbey Road* frente a él, junto a su computadora— John le parece más alto que lo que le pareció entonces.

Su familia es una familia rara; esto es lo que le interesa poner ahora por escrito.

Desde el principio de los tiempos —desde que sus antepasados se preocuparon por sentar memoria pensando en aquellos que los recordarían en un futuro próximo o lejano— los integrantes de su estirpe se dedicaron a decir *presente* en voz baja, en los pequeños y grandes momentos de la historia. Eficientes extras en el más grande film de todos los tiempos.

Por eso tantas fotos, telarañas de recuerdos entretejiéndose hasta componer el más aluvional de los mosaicos.

Pasen y vean algunos episodios escogidos al azar:

* Una encendida versión francesa de su apellido bailando —todos bailan, todos bailan— sobre las piedras del puente de Avignon mientras, al fondo, el volcán de la Bastilla escupe fuego y libertad, igualdad, fraternidad.

* Un abuelo materno como segundo violín en la orquesta del *Titanic*. Valses optimistas mientras lo horizontal se hace vertical y descendente. Seguir tocando y tocando hasta alcanzar el frío fondo de las aguas.

* Un primo tercero desembarcando en las arenas de Normandía y otro primo todavía más lejano en Los Alamos, los ojos cubiertos por pesadas antiparras negras asistiendo al luminoso llanto de una Era Nuclear que acaba de nacer.

* Una vieja tía aficionada a la caza de perdices, una blanca madrugada en las colinas de Ketchum, escucha un disparo y ve a un hombre que huye por la ventana de una cabaña. Y, claro, Ernest Hemingway no se suicidó. Ernest Hemingway fue asesinado por un comando unipersonal de Irrealistas Virtuales que juraron vengar la memoria mártir de Francis Scott Fitzgerald.

* ¿Qué hacía su padre aquella mañana en Dallas? ¿Quién sabe? Lo cierto es que Forma Senior *sí* vio claramente el caño del rifle creciendo desde un arbusto. Grassy Knoll, noviembre 1963.

Así fue, así es y así será.

Por alguna extraña razón —que no tardó en convertirse en hobby compulsivo para Forma, en dictamen transmitido de generación en generación, junto con la humilde herencia de ese apellido que siempre escriben mal en las oficinas públicas— se han visto obligados a ser parte de la Historia.

Forma recuerda que esa mañana, en Londres, se despertó azotado por aquel íntimo dolor de cabeza que su padre gustaba llamar "El Síntoma": la inconfundible sensación de saberse próximo a involucrarse en uno de esos momentos trascendentes para la humanidad. Desayunó rápidamente y se zambulló en las calles de una ciudad complicada. Curvas y callejones y un río con giros de serpiente perversa. No sabía lo que buscaba pero estaba seguro de que no iba a demorar en encontrarlo.

Se detuvo a descansar bajo la sombra de un árbol de copa generosa. Se preguntó si valía la pena desplegar un mapa que no iba a entender.

Entonces los vio.

Cruzando la calle.

John & Paul & George & Ringo.

Uno tras otro; como si se persiguieran, como si se ignoraran, como si supieran que iban a llevar ese peso por largo tiempo.

Aquí viene el sol, recuerda haber pensado Forma. Y sonrió mostrando todos los dientes, a la cámara y a la Historia que ahora lo mecía en su regazo de siglos, junto a los suyos.

Sonrió —como ahora sonríe—, aquí y allá y en todas partes.

La Forma del Secreto

Según la *Enciclopedia de Objetos Inasibles* recopilada por Lord Lionel Fineshape (Kingdom Come Press, Londres, 1823), un secreto "tiene una forma cilíndrica y es grácil y ligero como una pluma".

En su tratado *Sobre Todas las Cosas Invisibles de Nuestro Mundo*, Xu-Dim —contemporáneo de Siddartha Gautama— prefiere, en cambio, referirse al secreto como "un perfume delicado o un pestilente gas de los pantanos, según las intenciones reales de su portador".

En sus apuntes privados, el arqueólogo Heinrich Schliemann concibe la posibilidad de una antigua cultura prehelénica que basaba su economía en el "comercio de secretos": "Eran gente de piel pálida que todo lo insinuaban, que consideraban secreta hasta la existencia de dioses siempre curiosos por descubrir lo que ellos ocultaban".

Las alusiones a esta forma alternativa de religión —la adoración del secreto como entidad todopoderosa— aparece ya en el misterio del séptimo día, cuando el Creador de Todas las Cosas decide descansar sin entrar en detalles, o cuando no abunda en demasiados detalles en cuanto a los efectos colaterales de morder la fruta del Arbol de la Sabiduría.

Pero no son los grandes secretos tan bien guardados durante tanto tiempo —la división del átomo, la redondez de la tierra que pisamos, la identidad secreta de Batman— los que aquí se discuten. Sino los secretos de todos los días. Los que no resultarían demasiado valiosos para aquella cultura intuida por Schliemann. Las palabras a media luz que se susurran provocando un ligero aunque perceptible aumento en la temperatura corporal de quien las recibe; el inédito giro conspirativo de las pupilas de quien las confía. La sonrisa de Gioconda asesina y esa voz que no, no puede ser la propia porque cómo es posible, y sin embargo, sí: uno está siendo utilizado por el secreto. Esas palabras constituyen no la propia voz sino la voz de un secreto que ya no lo es tanto.

La única y auténtica función del secreto —se sabe— es la de dejar de serlo. La de soportar de mala gana un breve período de incubación para estallar, sin demora, con el esplendor enfermo de fuegos artificiales.

Un secreto se transfiere —como cierta mala sangre— para contaminar el sistema circulatorio del receptor y obligarlo a buscar nuevas arterias para contagiar. De ahí la perfecta paradoja: si un secreto es conocido por una sola persona, su valor es relativo; pero su atracción crece proporcionalmente con el número de personas que lo comparten, sea en los pasillos del Tercer Reich, en las colinas falsas de Beverly Hills o en los sótanos del Vaticano.

El vínculo que hermana a secreto con literatura siempre fue fecundo y poderoso. Basta con elegir nombres al azar en cualquier libro de citas, piensa Forma.

Oscar Wilde: "La razón por la que sentimos tanto placer

en revelar secretos ajenos es que distrae a la atención pública de los propios".

D.H. Lawrence: "El sucio secretito es el más difícil de matar".

Biografías incompletas señalan al joven J. D. Salinger como un eficaz oficial interrogador a la hora de extirpar claves y códigos y mapas tatuados en el cerebro de oficiales nazis.

Por allí se contonea Mme. de Merteuil, arquitecta exquisita de *Las Relaciones Peligrosas,* defendiendo "la perfecta oportunidad de oír y observar no aquello que me contaba la gente —cosas que no tenían el menor interés— sino aquello que intentaban esconder".

El Libro de Libros insiste —con obvia desesperación— en intentar convencer sobre la existencia cierta de "Aquél hacia el que se abren todos los corazones, todos los deseos, y Al que es imposible esconderle algo".

El mantra persecutorio modelo *Dios está en todas partes y ve todas las cosas* parece haber sido construido para funcionar como método anticonceptivo a la hora de impedir la proliferación de secretos. Lo que no habla muy bien de la eficacia de ciertos métodos porque, bueno, todo parece indicar que la gente —entonces, ahora y siempre— prefiere no *cuidarse* demasiado, cuando de secretos se trata.

La Forma del Milagro

Un día ella supo que las historias de este mundo —a diferencia de ciertos libros y ciertos films— no terminan con impecable prolijidad. Comprendió que la idea del *Había una vez...* desembocando en *...y vivieron felices* era simplemente la piadosa maniobra de imaginadores que —por muy ingenuos y bien intencionados que fueran— terminaban siendo las peores personas que jamás pisaron la superficie de este planeta.

Las historias verdaderas son aquellas que siguen, como el eco entre montañas, molestando como esa ventana mal cerrada que ahora gime su sed de aceite con la ayuda del viento.

Las fotos, en cambio, están más cercanas a la realidad de las cosas. Paradójicamente, su inmovilidad las dota de la verosimilitud que no poseen otras artes o ingenios ideados por el hombre. Las fotos son el *durante* capturado entre un *antes* y un *después* que —como la vida— nunca se llega a entender del todo, o se entiende cuando ya es demasiado tarde.

Ella siempre había desconfiado de las casualidades. El hallazgo del rollo de películas sin revelar y las posteriores conclusiones surgidas a partir de esas fotografías —cinco imágenes inconexas al final de un cumpleaños aburrido— se le apareció, ahora, como un último pedido de alguien que había desaparecido con los mismos modales que un mago al final de su acto.

La primera foto le ofreció una mano y, atrás, un camino y un puente quebrando apenas la inocurrencia de un horizonte. Podía ser cualquier lugar, pero el hecho de reconocer esa mano le devolvió el eco de caricias que pensaba olvidadas bajo el peso del despecho y la imposibilidad de comprender lo ocurrido.

La segunda de las fotos era tan perturbadora como sólo puede serlo la fotografía de un sueño.
Ese lugar cubierto por las aguas —supo ella— era el lago de Planicie Banderita, en las afueras de Canciones Tristes, en los bordes de una ciudad que alguna vez se había llamado Qumrán. Un pueblo condenado a moverse por los mapas sin nunca encontrar un suelo lo suficientemente poderoso como para retenerlo y convertirlo en un dato fácil de verificar, en carne de censo.
Sebastián Coriolis siempre había soñado con Canciones Tristes. Recordaba ese lugar como si fuera una habitación clausurada de su memoria, a la que sólo volvía por las noches, con los ojos cerrados y una voz grave y profunda como las voces que se descuelgan de los minaretes y las catedrales.
Una tarde se me apareció Jesucristo y me dijo que yo era su angel dilecto, confesaría Sebastián Coriolis una tarde mucho tiempo después. *Jesucristo usa anteojos negros y no se los saca nunca*, agregaría sonriendo.

La tercera fotografía mostraba la ciudad desde las alturas, arropada en un color verde que hacía llorar los ojos. Un fino dedo de humo surgía al norte de Canciones Tristes y ella adivinó sin equivocarse que allí se alzaba el Sagrado Hotel de Todos los Santos en la Tierra. Una estructura tan secreta como célebre, tan deforme como infinita, que crecía desde hacía años con la indolencia de un animal apenas inofensivo.

Sebastián Coriolis siempre le había hablado de una hipotética fuga hacia ese lugar que él visitaba dormido, para librarse de las exigencias sonámbulas y la tiranía de las rutas aéreas de su trabajo como comisario de a bordo.

Ella imaginó a Sebastián Coriolis sacando esa foto desde la cabina del avión. Pero no pudo imaginarlo, claro, volando por los cielos de Canciones Tristes, cámara en mano, pidiéndole al paisaje, ahí abajo, que le regalara una sonrisa.

La cuarta foto mostraba el cuerpo inerte de un hombre que se había precipitado desde las cimas de una catedral, desde la cúpula acrílica del más grande de los templos. Ese hombre no podía haber temido jamás a las alturas; ese hombre, pensó ella, siempre supo que caería desde las alturas por el obvio pecado de haber llegado tan alto.

Según la pantalla del televisor, un hombre se había arrojado o había sido arrojado desde las alturas de un shopping-center. Aún no se lo había identificado, pero ahí estaban la sonrisa inconfundible y los ojos abiertos de Sebastián Coriolis. Las circunstancias del hecho tampoco estaban del todo claras. Las circunstancias nunca están del todo claras; si no, no serían circunstancias.

Serían otra cosa.
Serían, por ejemplo, fotos.

Antes de seguir, antes de terminar, algunas mínimas aunque pertinentes consideraciones sobre la naturaleza del milagro.

¡Sebastián Coriolis vive!, asegura un graffitti en una pared a unas pocas cuadras de la casa que ella ha abandonado para siempre.

Ella aún no sabe que se ha visto a Sebastián Coriolis aquí y allá.

Ella no sabe que los acólitos de Sebastián Coriolis —otra de las tantas sectas que crecen y se fortalecen bajo las ramas de un muerto invulnerable— se han multiplicado y recorren los caminos del mundo, predicando la obra y la palabra de su virósico mesías. Creen en su enfermedad como una forma de bendición, y no como un estigma. Gritan y gimen y se enorgullecen de la decadencia de sus cuerpos. Se cruzan unos con otros en rectas que no conducen a ningún lado salvo a la muerte. Se contaminan unos a otros y, a veces, se jactan de haber sido inoculados por uno de los Coriolistas Mayores, uno de aquellos que tuvo relaciones directas con Sebastián Coriolis.

Todos aquellos que esperaban su resurrección aseguran que su resurrección se ha producido. La desaparición del cuerpo de Sebastián Coriolis de su sepulcro en el cementerio de Canciones Tristes les parece evidencia de su gloria y de su próximo reinado. Y bailan por las calles y escupen sangre a los cielos cada vez más distantes.

Existen historias similares. Madres que se arrastran con sus hijas minusválidas hasta santuarios sospechosos donde alguna virgen apareció entre las nubes. Cuando esas madres elevan los ojos y miran al sol, sus retinas se queman. Puntos amarillos y verdes danzan en sus ojos, la línea central de su visión queda dañada para siempre. Pero, en ciertas tardes grises, se las arreglan para reordenar esos puntos amarillos y esos puntos verdes hasta conseguir una imagen más que aceptable de la virgen bajo sus párpados. Entonces mueven los labios y susurran la misma palabra una y otra vez. Lo único que dicen —con la misma desmayada voz que otros utilizan para el *¡auxilio! ¡auxilio!*— es: ¡Milagro! ¡Milagro!

La naturaleza del milagro suele confundirse con la farsa y el fanatismo; por eso hasta el alma más pura acostumbra desconfiar de los milagros.

Buda solía desconfiar de lo milagroso. En una oportunidad, junto a la orilla de un río, Buda conoció a un anciano asceta que, luego de haber llevado la vida más austera a lo largo de veinticinco años, había alcanzado el conocimiento que le permitía caminar sobre las aguas. Buda le dijo que le parecía muy triste que hubiera sufrido y desperdiciado tanto tiempo. El bote de la mañana o el bote de la noche lo cruzaría al otro lado por tan sólo dos o tres monedas.

Aun así, Buda comprendía mejor que nadie las posibilidades dramáticas del milagro. En su ciudad natal —Kapilavatsu— Buda se elevó en el aire y su cuerpo despidió torrentes de agua y fuego y caminó por los cielos. Para convencer a sus familiares de sus poderes espirituales, Buda no tuvo mejor idea que trozar su cuerpo en miles de pedazos, dejarlos caer desde las alturas y hacer que se unieran unos con otros hasta recuperar la infinita sabiduría de su sonrisa.

Un milagro —un verdadero milagro— es el diminuto orificio que permite ver al otro lado de la pared. Pero la pared es inmensa y no es sencillo ubicar la situación exacta del orificio. Y, una vez encontrado, ¿acaso se atrevería alguien a espiar hacia el lugar de donde vienen todos los milagros?

Nada cuesta pensar que los verdaderos milagros son formas sofisticadas de la creatividad y que tan sólo traen confusión a este mundo cuando se los señala como patrimonio exclusivo del espíritu. Mejor creer —como cree ella— que todo milagro implica, necesariamente, el trabajo de la imaginación. Mejor pensar —como piensa ella— que los hombres completan la idea del milagro a partir de briznas de insania, briznas que crecen hasta conseguir el sinsentido de un bosque, porque es necesario que sea un bosque para poder seguir creyendo en el milagro.

Dice Cicerón: "Nada ocurre sin una causa; nada ocurre a menos que pueda ocurrir. Cuando ocurre aquello que de hecho puede llegar a ocurrir, no hay razón para considerarlo un milagro. Por lo tanto, los milagros no existen".

Las cinco fotos eran, para ella, tan claras como inapelables en sus colores. El movimiento del vagón que la conducía a Canciones Tristes —su confiado vaivén de canción de cuna— apaciguaba al hijo que ella llevaba en su vientre. Y se sintió mejor, más fuerte y más digna ante lo que le esperaba.

Un guarda con anteojos oscuros —tan parecido a Jesucristo, tan parecido al *verdadero* Jesucristo; no al de las postales— gritó en el pasillo que la siguiente estación era Canciones Tristes. Con la misma profética potencia recitó una cita de la Biblia que sostenía en su garra izquierda.

"Estrellas errantes, la negrura de la oscuridad les está por siempre reservada", leyó ella.

Entonces —como quien ejecuta una sentencia— ella procedió a romper la primera, la segunda, la tercera, la cuarta y la quinta foto (la que mostraba un baño de tren exactamente igual a ése donde ahora ella rompía las fotos). Y dejó caer los pedazos por la ventana, con la misma segura indolencia de quien arroja huesos sobre el polvo para intuir su suerte.

Ella volvía ahora al corazón del universo, al inevitable interior de todas las cosas. Ella no podía ser ya otra cosa que mujer de texto antiguo y sagrado: carne de profecía consumada, madre del elegido, del nuevo enviado, del hijo del mesías virósico que salvaría o condenaría a la humanidad.

Ella miró hacia la estación que se acercaba y creyó ver a Sebastián Coriolis, esperándola en el andén, saludándola con la mano. Sintió máreos y náuseas y el espanto de no haberse equivocado.

Miró hacia las nubes bordadas por rayos de luz y dio un paso y dio otro paso y dio todos los pasos necesarios para descender del tren y llegar hasta él y recibir y cobrar —después de tanto tiempo— la deuda y el milagro de ser una con la Tierra Prometida.

La Forma del Extranjero

Claro que Forma no es el mismo desde que volvió de Japón.

¿Cómo podría serlo?

Forma no es el mismo, y todo le parece diferente. Todo se le presenta como algo novedoso y al mismo tiempo terrible.

El compañero de oficina besando apasionadamente a su teléfono celular en el baño, por ejemplo. O la voz de su secretaria. La voz que le llega desde lejos, como si alguien le gritara en un campo abierto, bajo un cielo de estrellas falsas.

Forma nunca va a recuperar la verdad de esas doce horas de diferencia entre Japón y su vida *real*, su vida *verdadera*, piensa, mientras alguien le pregunta qué hora es y Forma descubre que no sabe qué contestarle. Porque ahora los tiempos han cambiado; no se trata simplemente del despotismo de los husos horarios y el jet-lag.

Se trata de que, a partir de ahora, Forma va a ser extranjero para siempre, por más que ya esté de vuelta, que haya regresado al punto de partida.

Con el correr de los días, la idea de permanecer extranjero en el lugar donde nació comienza a causarle cierta gracia. Forma no puede evitar sentirse como actor importado (español, francés, lo que venga) en coproducción local. Se sabe —ya es casi una ciencia exacta— que todo extranjero que participa en una película filmada aquí deberá decir todo el tiempo cosas como: "¡Pero, coño, vosotros sí que estáis bien!"; o: "Ugstedes no pueguen quegarse... esgste país tan hegmosos que tieguen...".

Alguna vez, piensa Forma, cuando deje de ser extranjero, le gustaría ver alguna película vernácula donde algún actor nacido en España o Francia tirara mierda contra lo que aquí ocurre. Oportunidades no le faltarían, piensa Forma.

Aun así, la alegría de Silvio Astier al final de *El Juguete Rabioso* es, también, la alegría de quien se sabe extranjero de nacimiento. La alegría de aquel que no pertenece a ningún lado y, por lo tanto, necesita del movimiento constante, de la fuga y la caída libre de la traición: "Vea; yo quisiera irme al sur... al Neuquén... allá donde hay hielos y nubes... y grandes montañas. Quisiera ver la montaña..."

La alegría del extranjero —en ciertos casos— suele ser muy linda.

Forma busca y encuentra el libro en la biblioteca. Hacía años que no lo hojeaba; incluso pensaba que se había extraviado en alguna mudanza. Recuerda haber leído el sol y el calor, pero no puede encontrar la parte en que Mersault asesina al árabe. Forma creía que estaba al principio del libro, pero no es así. Le cuesta leer. Le duele la cabeza.

Forma recuerda otras veces en que fue extranjero. Otras veces en que —a pesar de haber soportado experiencias más extremas que un simple desfasaje de doce horas— no se sintió tan mal, tan fuera de lugar como se siente ahora. Era joven. Era el típico viaje iniciático modelo Kerouac por el viejo mundo. Después, claro, volvería, a cumplir su rol en el reparto de *Servicio Militar Obligatorio / The Movie*.

Lo que Forma no podía siquiera sospechar —quién en su sano juicio se habría atrevido a imaginar algo así— era que haría el servicio militar como soldado extranjero en un lugar llamado Malvinas, o Falklands, según del lado que se lo mirara.

Pero, sí, antes de ser extranjero en el Culo del Mundo, Forma fue extranjero en el Viejo Mundo, y viajó con un profesor norteamericano que se creía la reencarnación de Edgar Allan Poe. Con una banda irlandesa punk —*The Farting Nuns*— que lo obligó a raparse y a tocar la batería a lo largo de toda una noche. Y también viajó con una viuda que manejaba un Mercedes Benz donde —sobre el capot, reemplazando el isotipo universalmente conocido— había una urna funeraria que contenía las cenizas de su amado esposo, que en paz descanse, con el acelerador a fondo.

Ahora que lo piensa, Forma jamás se sintió más extranjero que durante esos primeros días en el servicio militar obligatorio. Corte de pelo. Uniforme. Regimiento enclavado en el centro mismo de la ciudad. En las guardias —desde su garita— Forma podía ver cómo seguía viviendo la gente normal, cómo el tiempo no se había detenido ni se arrastraba en cámara lenta.

La luz era otra. La luz militar. El color del otoño y la sensación de encontrarse en una realidad alternativa. Las nuevas amistades. Desconocidos que de improviso adquirían, si no la importancia, al menos la inevitabilidad de grandes personajes, en un sueño del que resulta imposible despertar.

Forma recuerda episodios discontinuos, capítulos sueltos de un proyecto de novela arrojado al aire.

La inesperada habilidad de Forma armando y desarmando una pistola con los ojos vendados. Sus demostraciones a lo largo y ancho de varios pelotones. El sargento Rendido exhibiéndolo como un valioso animal de feria.

Forma castigado, barriendo escaleras para arriba. La inequívoca sensación de haber caído tras los muros de un monasterio zen controlado por los Hermanos Marx.

La leyenda del soldado muerto. El fantasma del soldado que se suicidó durante una imaginaria: su cuerpo blanco, el aire bajo una sábana corriendo por los fondos del regimiento, junto a las vías del tren, hacia el sitio exacto donde se llevó el fusil a la boca y pensó en cualquier otra cosa, en cualquier otro lugar, en el sitio extranjero al que se accede al final de la vida.

Forma descubre al fantasma una de las primeras noches de frío, y lo sigue sin saber muy bien por qué. Tal vez le interesa preguntarle cómo hace para atravesar las paredes y burlar los controles del regimiento. Forma sigue al fantasma hasta los bordes del regimiento, hasta las vías del tren, y descubre al sargento Rendido doblando primorosamente una sábana. El sargento Rendido lo mira a los ojos, se lleva un dedo a los labios y lo implica en su secreto y en su orgullo. "Alguien tiene que mantener viva la memoria del muchacho", piensa Forma, cómplice en el secreto y el orgullo de hacer que la tropa crea en fantasmas con la misma pasión con que cree en los francos, las licencias y la baja.

Forma piensa en la importancia de sentirse extranjero de tanto en tanto. El formidable valor nutritivo, rico en vitaminas, de sacar un pasaje de ida y aterrizar en otra parte. Nada más importante que el súbito cambio de escenario y de idioma, para mantener el músculo bien tonificado. Se camina por calles cuyo nombre se desconoce —nombres que inevitablemente deberán aprenderse para la supervivencia propia— y se descubren rincones que hasta entonces parecían prohibidos en nombre de lo distante, del pudor culpable que siempre despierta todo aquello que parece exótico. Se descubren, también, nuevos nombres para una misma comida y aquel libro que se buscaba desde hace tantos años.

Forma recuerda también la mefistofélica farsa de un amigo en París hace muchos años. Su amigo pasaba el verano en París, amparado por las virtudes de un intercambio cultural y las buenas relaciones de un padre que comenzaba a resignarse a la idea de que su hijo único nunca le produciría algo siquiera parecido al orgullo. Lo primero que hizo su amigo fue agenciarse lo que bautizó como "mi uniforme oficial de francés". Pantalones negros, sweater a rayas gruesas, boina, pipa, bigotes postizos y una baguette de plástico. Todas las mañanas, su amigo se exhibía así frente a los ómnibus rebosantes de japoneses que rozaban Notre Dame. Su amigo los saludaba lanzando *ou-la-lás* y los japoneses respondían entusiasmados, disparando sus cámaras una y otra vez.

Te imaginás, se entusiasmaba su amigo, es la venganza

perfecta: todos estos malditos amarillos han inundado el mundo con mortíferas imitaciones, con sucedáneos a transistores, y yo les devuelvo un francés falso. Miles y miles de fotos de un *Homo Galicus* que enseñarán a sus amigos con orgullo, sin saber nunca la verdad.

Trasnoche. *El Tercer Hombre*. Forma no sabe si volver a ver esta película, porque en su centro acecha el momento quizá más terrible en la vida de todo extranjero. Esa escena en que el insoportable nenito Hansl señala a Joseph Cotten mientras grita: "Das ist der Fremde". El nenito grita una y otra vez que ése es el extranjero, y enseguida su vocecita se activa con una terrible sucesión de "papa, papa, papa", mientras una multitud comienza a reunirse y mirar fijo a Joseph Cotten, hablando entre ellos en un idioma extranjero y, sí, es cuestión de segundos: van a ponerse en movimiento, van a precipitarse sobre el hombre que viene de lejos, de un lugar donde la hora y el habla son otras.

Forma vuelve a pensar en esas doce horas de su vida. Doce horas perdidas en el aire, en un lugar que no figura en ningún mapa y donde, por un instante —justo antes de que apaguen las luces y disparen la primera película—, la curva del planeta ahí afuera casi le permite creer que ahí arriba es el único lugar donde pertenece, donde nunca se sentirá un extranjero.

La Forma de la Locura

La más terrible de las historias puede llegar a dispararse con una nota disonante desde el revólver de lo absurdo, comprende ella.

Ahora sabe que el centro de la noche es ese instante detenido en el tiempo cuando todos los perros del barrio deciden ladrar al mismo tiempo. El momento preciso en que su marido —que bien podría llamarse Forma— la despierta para decirle con lágrimas en los ojos que tiene algo que confesarle.

La primera noche, claro, ella pensó: "Aquí vienen la inundación, el terremoto, la infidelidad y el abandono".

Pero no fue así. Y lo cierto es que ahora ella hubiera preferido que la inminente confesión se tratara apenas de eso: de él y una secretaria arrinconada contra una pared de la oficina; de él y alguna ardiente amiga de ella; de él y alguien que cobra las caricias y los minutos en un cuarto de hotel.

Fue así. Una semana atrás él la despertó con cuidado —apenas rozándole el hombro—, y le dijo con una voz que parecía llegar desde muy lejos: "Toda mi vida es una farsa. Un disfraz triste. Porque, mi amor, yo en realidad vengo de

Urkh 24, un lejano planeta ubicado en la nebulosa de Nim".

Ella primero se rió y cuando él agregó que ya se imaginaba que ella no le iba a creer y se dio vuelta y se quedó dormido, ella no pudo menos que fijar los ojos en el techo y contemplar cómo iban retrocediendo las sombras ante la llegada de la luz del día y del mundo de los vivos.

A la mañana siguiente él dijo no recordar nada. "Si me estás haciendo un chiste te juro que no lo entiendo", le confesó mirando una tostada como quien se mira en un espejo turbio.

El rito se repitió todas y cada una de las siete noches que siguieron y ella comenzó a inquietarse.

Desde los lejanos días de su juventud nada le preocupa más que lo imprevisible y lo ridículo. Por eso, quizá, demora todo lo posible pensar en la idea de que su marido se está volviendo loco.

Hasta que finalmente piensa que su marido se está volviendo loco. Y es un pensamiento tan terrible —una masa tan enorme e incómoda de ideas— que no queda espacio ni tiempo para pensar en nada más. A lo largo del día el pensamiento entra y sale de su cabeza con la eficiencia de un jingle anunciando el más irresistible de los productos.

La noche siguiente él vuelve a despertarla y esta vez le dice que dentro de poco tendrá que irse; que su misión está próxima al final; que fue enviado a este planeta a recolectar especímenes jóvenes para su futuro estudio en Urkh 24. Le explica que él es una especie de flautista de Hamelin galáctico.

Ella no sabe qué le causa más espanto: las cosas que le está confesando su marido o la idea de pensar en que la antigua desgracia de no haber tenido hijos se haya convertido —de improviso— en una suerte de dádiva y consuelo.

A la mañana siguiente ella se compra un libro y lee términos como *dementia praecox* y *hebefrenia*. Le tranquiliza, apenas, no encontrar el nombre de su marido entre los casos clínicos expuestos. Pero aún así ella no puede evitar el comenzar a construir una lista, un álbum de fotos demenciales:

Forma jugando ping pong bajo la lluvia.

Forma pateando un perro doberman porque no le gusta el color y para comprobar si está bien entrenado.

Forma sumergido en el fondo de la pileta, saliendo a la superficie sólo para tomar aire y volver abajo, al azul espacial y al perfume del cloro.

Forma explicándole con cuidado la receta de las *Peras al olmo*: "Conseguir 1 olmo y 1 pera. Sentarse bajo el olmo (frondoso de ser posible) y comer una pera de tamaño mediano. Ja ja ja".

Después de mucho pensarlo, ella decide consultar con la madre de su marido. Recuerda que la madre de su marido está internada en un hospital geriátrico, una mansión en las afueras que parece haber sido directamente importada desde una de esas películas que transcurren en el sur norteamericano de la Guerra Civil. Son dos horas de viaje pero no importa, decide ir lo mismo. Necesita hablar con alguien, hablar con alguien que no sea un profesional.

Descubre que extrañaba el placer de conducir un automóvil. Descubre que el diagnóstico siempre le dio más miedo que la enfermedad misma.

Entonces sonríe con tristeza y escucha a su suegra, esa señora en silla de ruedas que le canta una larga canción en francés. Una extraña canción que narra la historia de un hombre en un café que —al no poder pagar su consumición— se ve obligado a trabajar para saldar su deuda y el tiempo pasa y el hombre sigue y sigue trabajando en el café. Ella escucha con desesperada atención y se despide con las primeras lágrimas de la tarde.

En el camino de regreso oye en la radio del auto la noticia de que un hombre se ha atrincherado en una casa de los suburbios junto a varios niños, que está rodeado y que...

Ella sintoniza entonces una sonata para piano de Mozart que queda tan bien con el aire de la tarde y con los principios del otoño. Es uno de esos días perfectos que sólo se producen dos o tres veces al año, piensa.

Entonces decide no volver. Contempla la idea de perder el tiempo en alguna plaza o en algún shopping-center.

Los bosques, elige y sonríe. Una tarde en los bosques. Y sólo volver cuando hayan caído todas las sombras, cuando no quede ningún grito en el aire y todos los demás se hayan ido y todas las luces estén apagadas y apenas flote en el silencio de su casa el insistente silbar de una pava que lleva demasiadas horas hirviendo agua. Un sonido agudo y constante que —aunque no le guste, aunque le produzca un dolor terrible en alguna parte— le recordará el canto de ciertas aves azules y transparentes; le recordará la canción de los pájaros bicéfalos de Urkh 24, un lejano planeta en los bordes de la nebulosa de Nim.

La Forma de la Condena

Fueron con Max a ver el cuerpo de K.

Caminaron por los grises y los ocres de Klosterneuburg hasta llegar a las puertas del Sanatorio Kierling, donde K había conseguido la felicidad largamente deseada de una habitación privada con vista a los bosques.

Los recibió el Dr. Klopstock, quien los condujo hasta el cuarto de K y les señaló la ventana donde, noches atrás, se había posado un búho. "El ave de la muerte", diagnosticó el médico.

Les produjo cierta inquietud la idea de un profesional que creyera en semejantes supersticiones pero el Dr. Klopstock enseguida se disculpó atribuyendo el comentario a la pobre Dora. Los sollozos de la mujer llegaban hasta ellos traspasando sin dificultad el laberinto de escaleras, pasillos y frascos conteniendo pócimas sólo útiles a la hora de distraer la idea del final.

El Dr. Klopstock les contó que el estado físico de K había sido literalmente lamentable en los días previos al final. Se estaba muriendo de hambre: la tuberculosis había alcanzado la epiglotis y ya no podía tragar. Lo único que quedaba hacer era darle inyecciones de alcohol en el nervio superior de la laringe. Aún así, K continuó corrigiendo sus escritos hasta casi los últimos minutos.

Sobre el escritorio descubrieron el diario de K. Max lo abrió y distraídamente y casi sin proponérselo alcanzaron a leer: *Infinita cantidad de esputos, cómodo y tranquilo dolor por la mañana; en la confusión me pasó por la cabeza la idea de que por esta cantidad y esta facilidad merezco de algún modo el Premio Nobel.*

A continuación aparecía un corto relato titulado "Breve Historia del Suicidio":

> *El profesor R de la Universidad de Praga descubre una manera segura y eficaz de morir a la que adjudica en sus apuntes póstumos el nombre de* suicidio. *Después de años de investigación y tras grandes fracasos lo lleva a la práctica una mañana del año de 1905.*

Cerraron el diario como quien cierra una puerta pesada.

Hasta ese momento, se habían movido por el cuarto evitando el imán de la cama y el remolino del cuerpo de K. Intuían una presencia blanca, la promesa del perfil tan conocido; pero todavía no estaban listos. Así que se concentraban en un cuadro, en el movimiento de las cortinas, en las palabras del Dr. Klopstock.

Entonces recuerdan el principio y el recuerdo del principio en la voz de K.

K les contó que hacía calor, que el día era tan sobrenaturalmente hermoso que hasta era posible la ilusión de que todo estaba en orden dentro de su cabeza. K les dijo que después de haber nadado unos minutos en la piscina había escupido algo rojo. Algo que era para él extraño, interesante. K lo examinó durante un momento para enseguida olvidarlo.

K suspiró que a partir de entonces estos episodios se sucedieron con bastante frecuencia, y cada vez que tosía o escupía expulsaba ese algo rojo al que se negaba a darle el nombre de sangre. Y ya no le parecía interesante sino molesto, concluía K.

Ahora el Dr. Klopstock les estaba explicando que, en los últimos días de su vida, a K le producían un intenso placer los olores de las flores y las frutas y que disfrutaba pidiéndole a extraños que bebieran largos tragos de agua y cerveza en su presencia, como si al verlos beber K bebiera a través de ellos.

Después, durante las primeras mañanas de junio, cuando ya nada podía hacerse, a K nada le causaba ya placer y hasta le parecía estéticamente correcta la paradoja de morirse justo cuando empezaba a gozar de la idea de estar vivo. Le parecía un buen cuento, decía K. Un buen comienzo o un buen final, no estaba seguro.

El 3 de junio le pidió al Dr. Klopstock que no se fuera, que no lo dejara solo. El Dr. Klopstock le explicó que no pensaba irse, K apenas llegó a suspirarle: "Pero yo sí me voy".

Ahora Max y él se resignan a la idea de mirar el cuerpo de K, con la misma indiferencia con que K gustaba de mirar por la ventana de su oficina o del cuarto de su casa.

El Dr. Klopstock insiste en describirles a K —consciente de que ellos no se atrevieron a mirarlo hasta ahora— como algo que no podía ver sino apenas describir: "Tiene la cara tan rígida y firme, inaccesible y pura como fue su espíritu. Un rostro de rey, de la más noble y antigua estirpe. La bondad de su existencia humana ha fenecido, sólo su incomparable espíritu moldea sus queridos rasgos. Es tan hermosa como un busto de mármol antiguo", les juró.

No era cierto, claro. Los sentimientos no son los mejores consejeros cuando se trata de ser objetivo y menos aún en las circunstancias por las que estaba pasando el Dr. Klopstock, por las que estaban pasando todos ellos.

Aún así, Max y él se acercaron para verlo mejor y no pudieron sino lamentar la certeza de que allí yacía una sombra. K había dejado de ser un hombre para convertirse tan sólo en una letra.

Llevaron el cuerpo de K al depósito de cadáveres donde lo acunó Dora, quien —como si recitara la más triste de las oraciones— no hacía sino repetir: "Está tan solo, sí, tan absolutamente solo, y no podemos hacer nada, y aquí estamos, sentados, y lo dejamos ahí, solo, en la oscuridad, todo destapado, desnudo, oh, amor mío, oh, querido mío..."

Dora lloraba con demasiadas comas separando sus lágrimas unas de otras. A K no le hubiera gustado y así se lo dijeron. Esto pareció calmarla un poco.

El cuerpo de K fue trasladado de Klosterneuburg a Praga y fue enterrado el 11 de junio de 1924 en el cementerio judío de Straschnitz. Vieron cómo descendía el ataúd en la tierra y Max pronunció una breve alocución mientras los sepultureros miraban sus palas sin atreverse a levantar los ojos. Dora se arrojó llorando sobre la tumba nueva y lo cierto es que ninguno se perdonó nunca no ayudarla a incorporarse. Nadie fue en su auxilio. El padre de K dio media vuelta para ofrecer la espalda a lo que evidentemente juzgaba como una escena lamentable y el cortejo se puso en movimiento y los sepultureros procedieron a ordenar la tumba.

Ese mismo día Max y él leyeron en el diario el aviso fúnebre donde los padres de K solicitaban no recibir visitas de condolencia. Max y él no dijeron nada pero llegaron obedientes y tal como lo habían prometido al edificio donde vivió K hasta su traslado al hospital.

Subieron por la escalera, entraron al departamento con la llave de Max y entregaron a las llamas —un fuego con destellos verdes y azules— todos los papeles y los cuadernos de K, hasta que no quedaron sino frías cenizas que ya nadie podría leer.

La Forma de la Cultura

(Una de las tantas cartas halladas en tachos de basura, o en botellas marinas, o en mesas de café todavía tibias, que pasan a engrosar la colección de misivas ajenas de Forma.)

Muy señor mío: En su carácter de gerente de programación del canal que todos conocemos —y en vista de no haber recibido hasta ahora respuesta a mi anterior carta—, me atrevo a insistir con estas nuevas propuestas que, entiendo, ayudarán a conseguir una televisión donde la idea de la cultura no tiene por qué estar reñida con la del sano esparcimiento.

* LAS AVENTURAS DEL GRAN CATSBY Y SU FIEL AMIGO TRUMAN SAPOTE *(dibujos animados)*: Las tan increíbles como imprevisibles aventuras de un gato romántico y soñador, siempre en busca de su perdido amor de juventud —la siempre cambiante y caprichosa gatita Daisy, ahora casada con el perrito Dogma—, acompañado por el irónico y venenoso batracio Truman, quien siempre

lo mete en líos, organizando fiestas majestuosas en lugar de concluir la escritura de una larga novela donde, jura, aparecen todos los animalitos del bosque bajo su peor luz.

* EL MAR Y EL VIEJO *(documental ecologista)*: El inmortal relato de Ernest Hemingway narrado desde el punto de vista del pez espada. No he decidido aún si cambiarle el final y dejar que gane el pez espada y los tiburones se coman al viejo Santiago. Aguardo con interés su opinión sobre este tema.

* KAFKAJADAS EN FAMILIA *(comedia familiar)*: Viendo que no le ha interesado mi tratamiento de *La Metamorfosis* de Franz Kafka como teleserial estilo Lucille Ball & Dick Van Dyke (en mi defensa, y sin que esto signifique insistir, me permito aquí citar el fragmento de una carta de Kafka a su novia Felice, enviada apenas completada la obra en cuestión: "Sólo unas palabras, querida. Hermosa velada en casa de Max. Leí mi historia hasta el delirio. Nos la hemos pasado bien y hemos reído mucho. Cuando uno cierra las puertas y las ventanas ante este mundo, todavía puede conseguirse aquí y allá la apariencia y casi el inicio de una hermosa existencia"); ofrezco un breve relato del mismo autor —*Una Confusión Cotidiana*— cuyo tratamiento me atrevo a desarrollar brevemente: "Un incidente cotidiano del que resulta una confusión cotidiana *(risas grabadas)*. A tiene que concertar un negocio importante con B en H. Se traslada a H para una entrevista preliminar, calcula diez minutos en ir y diez minutos en volver, y se jacta en su casa de esa velocidad. Al otro día vuelve a H, esta vez para cerrar el acuerdo. Como probablemente eso le exigirá muchas horas, A sale muy temprano. Aunque las

circunstancias —al menos en opinión de A— son precisamente las de la víspera, tarda diez horas en llegar a H esta vez *(risas)*. Llega al atardecer, rendido *(risas)*. Le comunican que B, inquieto por su demora, ha partido hace poco hacia el pueblo de A y que deben haberse cruzado en el camino *(risas estruendosas)*. Le aconsejan que espere. A, sin embargo, impaciente por el negocio, decide volver de inmediato a su casa..."

Como verá, se trata de una trama francamente desopilante cuyo devenir no me arriesgo a contar en su totalidad dado que preferiría discutirlo personalmente. Confío en que —por el momento— le alcanzará con saber que todo termina con: "...feliz de poder hablar con B y así explicarle todo lo sucedido, A corre escaleras arriba. Casi al llegar, tropieza, se tuerce un tendón *(risas)* y, a punto de perder el sentido, incapaz de gritar *(risas)*, gimiendo en la oscuridad *(risas)*, oye a B —tal vez ya muy lejos, tal vez a su lado— que baja las escaleras furioso (risas) y se pierde para siempre *(carcajadas y aplausos finales)*".

Otros libros de este autor —*El Proceso* o *El Castillo*— resultan igualmente divertidos por su sano humor para toda la familia y cuyos derechos de autor ofrecen la ventaja de encontrarse dentro del dominio público.

* **EL PERSEGUIDO** *(telefilm dramático)*: Como le informaba en cartas anteriores, mi proyecto más ambicioso —y en el que por entonces me encontraba inmerso— es la historia de un expatriado argentino en París atormentado por demonios internos. Al no tener el argumento del todo claro, no quise abundar en detalles en mis anteriores envíos; pero ahora me encuentro en posición de incluir un apretado resumen de lo que considero una ópera magna, destinada a modificar el medio y a prestigiar su ya merecidamente célebre canal y gestión.

Un argentino con pretensiones de escritor llega a París después de haber ganado un premio consistente en un viaje por mar a la Ciudad Luz y alquila buhardilla en un edificio que —no tarda en descubrir— está enteramente habitado por saxofonistas de costumbres más que reprochables. El pobre hombre no demora en experimentar fiebres terribles que lo hacen soñarse ofrenda en un sacrificio a un dios antiguo y cruel. Para mayores complicaciones, la fiebre lo lleva a padecer una preocupante facilidad para vomitar conejitos. El hombre, desesperado, acaba cayendo desde la ventana de su cuarto. Lo interesante de este final —final ambiguo gracias al vertiginoso montaje de las últimas tomas— es que la muerte del desdichado protagonista puede leerse como una forma de suicidio o bien como un ridículo accidente mientras el pobre hombre intentaba ponerse un pulóver junto a la ventana abierta.

Como verá, a este servidor no le faltan ideas ni entusiasmo para trabajar en aras de un mejor entendimiento entre la televisión y las bellas letras.

Sin más, y esperando recibir noticias suyas a la brevedad, se despide, cordialmente, este trabajador de la cultura que, sí, también aspira a conseguir "aquí y allá la apariencia y casi el inicio de la realidad de una hermosa existencia".

La Forma del Lector

Mucho tiempo más tarde —cuando Forma ha quedado solo, cuando se siente el último de su linaje—, le cuentan que su padre y su madre se turnaban para leerle junto a la cuna ya desde su primer día de vida. Le leían libros complejos, largas novelas y ensayos que pretendían alumbrar la razón de este mundo.

Forma mentiría, claro, si dijera que se acuerda, que evoca a la perfección la voz del hombre y la voz de la mujer trenzándose en una sola historia resonando dentro de sus tímpanos flamantes. Las palabras descendiendo sobre su conciencia como la más plácida y feliz de las nevadas. Las palabras llevándolo y trayéndolo de un sueño a otro sueño.

La sola idea de alguien que no lea le produce a Forma el más callado de los espantos. Todos sus mejores amigos han sido lectores, buena parte de sus conversaciones han girado alrededor de papel tatuado con tinta y jamás le pareció exagerado el gozo que siente en los comienzos de un libro. La felicidad de cuando la historia es apenas un objeto que pesa en las manos y que enseguida se convierte en otra cosa, en pasaje para otro lado.

Por eso, la idea de esa gente que prefiere hablar por teléfono —que no se enfurece cuando el sonido del teléfono los trae de vuelta a la realidad opaca de un libro abierto entre las manos—, esa gente que prefiere ver la película a leer el libro, lo cubre con el incómodo terror de una frazada arrojada por alguna abuela sobre una siesta de verano.

Ayer, sin ir más lejos, Forma conoció en una fiesta a la mujer más hermosa del mundo. Comprende que este tipo de exageraciones —la mujer más hermosa del mundo— es típica de un lector, de aquel que no vacila en imponer coordenadas literarias a lo cotidiano como si estuviera escribiendo un libro. La escritura es —después de todo— el inevitable reflejo de la lectura, la impostergable necesidad de ser uno más en esa tribu de los estantes, el placer de saberse leído y sostenido en el aire por las manos de desconocidos.

—Yo no leo... Creo que leí un solo libro en mi vida. Ese de *lo esencial es invisible a los ojos* —le dijo en la fiesta la mujer más hermosa del mundo.

Y Forma —como buen lector— decidió perdonarla, decidió soportar un par de páginas más porque, sí, toda historia tiene derecho a mejorar en los ojos de un lector que ha llegado para leerla.

Idea para cuento con fantasma: Un hombre muere antes de llegar al final de un libro. Un hombre muere leyendo un libro que bien puede ser uno de esos *thrillers* que aparecen de tanto en tanto: una de esas perfectas máquinas de matar todo lo que ocurre alrededor del que lee. Una novela que transcurre, por ejemplo, en un hotel donde —bajo la más inocua y eficiente de las fachadas—, tiene lugar la Primera Convención Mundial de Asesinos Seriales.

Las bestias se disfrazan de cardiólogos o analistas de sistemas o algo por el estilo y el presidente de la Confederación de Asesinos Seriales aparece muerto en su cuarto y entonces interviene, claro, el detective de rigor.

El detective llega a la escena del crimen y —dos o tres cadáveres más tarde— descubre que hay un asesino serial cuyo patrón tiene que ver con la prolija eliminación de camaradas. Sí, un asesino serial que sólo asesina asesinos seriales. Faltan cerca de 300 páginas para llegar al final. Ésta también, piensa, es una de las más legítimas formas de la felicidad.

Un fragmento del libro en cuestión, una interesante estadística:

...pensó en algo que no lo dejaba dormir tranquilo. Volvió a abrir la carpeta. Estudió los gráficos. Se sirvió otro whisky. En el expediente se especificaba que, tan sólo en 1985, se cometieron en Estados Unidos 14,516 asesinatos catalogados bajo el rótulo de sin motivo alguno, *y las investigaciones sólo aportaron un número de 16 presuntos homicidas, lo que dejaba a la mayoría de los casos sin siquiera un sospechoso. A partir de estos datos, siempre según el expediente, cualquiera de los componentes de una familia tipo tenía un 37% de posibilidades de cruzarse o conocer a un asesino serial a lo largo de una vida estimada en 70 años. El detective sonrió sin saber muy bien por qué —desde que había entrado al servicio cada vez sonreía más, cada vez encontraba menos motivos para*

sonreír— y continuó leyendo que en Estados Unidos se publicaba un promedio de 400 novelas por año sobre asesinos seriales. Sospechó que la tendencia era ascendente, tanto en la realidad como en la ficción. Sospechó que la explicación era única y simple: cada vez había más de todo. El Departamento debería contemplar un cambio de nomenclatura para todo el asunto: asesino recreacional en lugar de asesino serial. Entonces dejó de leer. Tenía la inequívoca sensación de estar prisionero dentro de cualquiera de esas cuatrocientas novelas al año de asesinos seriales.

Miró hacia la ventana, como si buscara los ojos del lector ahí afuera. Desde el otro lado, leyéndolo. No pudo evitar preguntarse cúanta mierda faltaba hasta la jodida última página...

Pero nos estamos apartando de la verdadera historia. El hombre que lee está en un jardín y el relámpago de un último ataque cardíaco le hace soltar el libro en cuestión —sólo la muerte puede alejarlo de semejante historia, descubre mientras muere— y deja caer el libro y cae después que el libro. El libro abierto junto a los ojos abiertos que ya no leen.

Meses después del entierro, la mujer decide investigar qué son y a qué se deben todos esos ruidos en la biblioteca.

Una noche lo ve bajo la luz de la luna. Buscando en los estantes. El fantasma del hombre se da vuelta, la mira y mueve la boca como si le hablara, pero no sale sonido alguno de sus labios que ya no besan.

Aun así, la mujer comprende qué es lo que pide el fantasma. Recuerda que el hombre estaba leyendo un libro en el momento de morir, un libro que no llegó a terminar. Recuerda el título del libro —*Serial* en letras rojas chorreando sangre, y un cuchillo en relieve—; recuerda en qué estante de la biblioteca ella lo escondió, para no verlo más.

La mujer sale al jardín y deposita el libro abierto sobre la mesa, en la página exacta. No importa que esté lloviendo. El fantasma del hombre se sienta a terminar el libro. La mujer lo contempla leyendo bajo una lluvia que no lo moja. Con las primeras luces del amanecer, el fantasma cierra el libro, sonríe a la mujer y le dice sus últimas palabras antes de desaparecer para siempre.

Estaba seguro de que iba a terminar así, le dice.

Una máquina de realidad virtual en una ciudad balnearia en una de esas gigantescas mansiones de video-games.

El chico no puede tener más de ocho años y no caben dudas de que el casco le pesa y que sus movimientos tienen más que ver con el terror de no saber dónde está que con el placer de saberse dueño de la situación. Aun así dispara sobre los androides con la misma pasión con que dispararía sobre sus padres, que están mirándolo desde afuera de la máquina. Lo miran raro y él no demora en descubrir que lo miran con las mismas pupilas entre culpables y orgullosas de aquellos nativos que sacrificaban la sangre de sus hijos al apetito de la diosa Khali, en blanco y negro, en una vieja película en un viejo televisor un sábado por la tarde bordado de tughs.

Un monitor muestra a los curiosos y a los cobardes todo lo que está viendo el enano interestelar, el joven vengador virtual. Colores planos, movimientos torpes.

Hay gente que vomita la primera vez que se sube a estas cosas, piensa Forma. Gente que nunca se subiría a un libro porque, claro, cómo hacerles comprender que un libro es —también y desde hace mucho tiempo— una máquina de realidad virtual.

Por eso, Forma no puede evitar reírse de todos esos profetas del apocalipsis impreso. No puede evitar despreciar a todos aquellos que vienen a ofrecer el último ingenio mecánico. La voz que lee, la máquina de interacción, el chip de las sirenas.

Alcanza con sostener un libro, con sentir su reconfortante peso de siglos. Basta con apreciar el objeto que no ha cambiado demasiado desde el día mismo de su creación.

Si se lo piensa un poco, la rueda y el libro —una mueve al mundo, el otro mueve la posibilidad de otros mundos— siguen siendo más o menos los mismos, más allá de las estéticas y de los credos.

Al final, el libro permanece.

Forma recuerda que una vez tuvo una amante que le pedía que le dejara cuentos grabados en su contestador telefónico. Cassettes completos. Una vez Forma le leyó un cuento que a ella no le gustó demasiado. A los pocos días se separaban para no volverse a hablar. Forma —sin embargo— sigue leyendo por teléfono. Presiona teclas al azar y, cuando le responde la voz de un contestador telefónico, anota el número y busca un libro y lo abre. *Había una vez...*, lee.

Le gusta pensar que alguna vez alcanzará a alguien al otro lado, alguien que lo comprenda y le pida más.

Le gusta pensar en sí mismo como una suerte de benefactor de la humanidad, como en un héroe anónimo, como el viejo patriarca de una vieja tribu contando historias alrededor del fuego. Historias que los tambores se llevan lejos y que son cuidadosamente anotadas por desconocidos para que otros desconocidos las lean e intuyan el eco de su voz en la distancia.

Forma descubre que una de las pocas cosas que diferencian al hombre del resto de las especies animales —quizá la única diferencia irreconciliable— es el hábito de la lectura. El poner algo por escrito y la impostergable necesidad de poder interpretarlo, de leerlo.

Forma recuerda cuando empezó a leer. Tenía cinco años, y cómo olvidar la sensación de que el mundo parecía desdoblarse sobre sí mismo, expandirse como un gas embriagador. El hábito de la lectura —como ese otro misterio, el de andar en bicicleta— que se aprende y se asimila para ya no olvidarlo, para descubrir la certeza del equilibrio a lo largo de las páginas.

Leo, luego existo, escribe Forma para enseguida leer lo que acaba de escribir.

Forma abre un libro como si se tratara de una puerta. Empieza a leer. A medida que avanza en la trama, la realidad —la realidad que tiene lugar fuera de los libros y que a menudo está mucho peor escrita— comienza a desdibujarse, a presentarse como una suerte de torpe borrador.

Forma es feliz. Está leyendo uno de *esos* libros. Uno de esos libros que no abundan y que —a medida que pasan los años— parecen especímenes de una raza en extinción a los que cada vez cuesta más localizar y mantener vivos en el refugio de su biblioteca.

Forma decide comprobar cuántas páginas tiene el libro. Es un libro largo, pero Forma sabe que estos libros nunca son *demasiado* largos. Forma se promete racionar los capítulos como si fuera el único sobreviviente de una tragedia aérea, como si su vida dependiera de la duración del libro. Hace un rápido cálculo, cuyo resultado no servirá para nada porque no piensa detenerse hasta llegar a la última página del libro.

Forma no va a dejar de leer durante toda la noche. No va a detenerse hasta alcanzar ese momento mágico donde amanezca fuera y dentro del libro. El libro termina con un amanecer.

Hay un cuento sobre el acto de leer. Un cuento llamado "Continuidad de los Parques" escrito por Julio Cortázar. En él, un lector está leyendo una novela cuya trama —se revela en las últimas líneas— le anuncia su propia muerte: la muerte del lector —alguien que "gozaba del placer casi perverso de irse desgajando línea a línea de lo que lo rodeaba"— a manos del personaje. El personaje es alguien que se aferra a la empuñadura de un cuchillo y a las instrucciones de una mujer fría como la noche, caricias que "dibujaban abominablemente la figura de otro cuerpo que era necesario destruir".

El cuento de Cortázar termina así: aparentemente ajeno al círculo que se cierra a su alrededor, el lector sigue leyendo esa novela en el terciopelo verde de su sillón favorito, uniendo las letras hasta formar palabras, uniendo las palabras hasta formar frases, uniendo las frases hasta conjugar una muerte que parece inevitable.

Lo que Cortázar omite, quizá para no estropear el efecto del relato, es que en el último instante —cuando el cuchillo sube en el aire para bajar sobre la garganta de la víctima—, el lector se pone de pie, saca un revólver del bosillo de su bata y dispara una, dos, tres veces sobre el pobre personaje que empuña el cuchillo y no se hizo del tiempo para leer todo el cuento, para saber cómo pueden llegar a terminar las cosas.

Había una vez un cuento prohibido, que es éste, que ahora Forma está tentado de poner por escrito a vuestra consideración.

Lo cierto es que —cuenta la leyenda— nadie puede leerlo.

El que lo lee —continúa la historia— muere como fulminado por un rayo.

Forma, sin embargo, no cree en maldiciones ni en oscuras advertencias en cuanto a los peligros de las letras: Forma lo leyó.

Aunque parezca un tanto extraño, dentro de cinco minutos Forma estará muerto.

Ahora, Forma sueña que lee en un sueño. Un libro pesado. Un libro capaz de contener las soluciones a todos los enigmas de la historia. La Gran Bestia del Lenguaje se lo ofrece con lo más parecido a una sonrisa que es capaz de articular. Forma abre el libro en la primera página. Signos y diagramas y palabras cuyo significado real se ha perdido porque han pasado demasiados milenios desde que alguien las pronunció y las hizo funcionar por última vez. Palabras sin combustible.

Aun así, Forma cree entender. Forma cree que comienza a hilvanar la sombra de una respuesta. Ahí está. En la página uno. Lo mejor de ambos mundos, la feliz comunión de ambas teorías: el hombre desciende del mono y *también* fue creado por Dios a su imagen y semejanza.

Así es, sigue sonriendo la Gran Bestia del Lenguaje, lo que ocurrió es que, bueno, Dios no era muy bueno en eso de modelar barro. Por eso los monos: torpes bocetos hasta conseguir la aproximación llamada *hombre*. Lo más divertido de todo —si es que te atreves a mirar fijo el retrato de Dios en la última página del libro— es que, después de todo, el hombre no es demasiado parecido a Dios. El hombre sigue siendo un bosquejo, un pálido ensayo de un experimento abandonado e inconcluso hace tanto tiempo.

Ahí está la terrible verdad, la verdad impronunciable. Si cuando despiertas tienes la suerte y el espanto de recordar este sueño —le sugiere a Forma la Gran Bestia del Lenguaje—, puedes ir convenciendo gente por ahí. Si te preguntan cómo es que lo sabes, limítate a responderles que lo leíste en un libro

El final de un libro es como un suspiro. Por eso Forma suspira cada vez que termina un libro.

Llegar a la última página produce una suerte de triste felicidad. Felicidad por saberlo todo sobre una historia y por sentirse capaz de creer en personajes con una intensidad con la que nunca se creerá en las personas. Tristeza porque la historia no sigue.

Entonces sólo queda volver a empezar. Forma recorre los estantes. Elige. Evalúa el cálido y confortable peso del artefacto en sus manos. Y —cuando sus ojos comienzan a correr por la primera página— no puede evitar la sensación de sentirse en terreno conocido.

Sí, sus padres le leyeron este libro tanto tiempo atrás, cuando su visión del mundo era horizontal y única, cuando la promesa del universo dependía de esas voces leyendo palabras que no entendía pero que ya reclamaba como suyas para siempre.

La Forma de la Literatura

Michael Ondaatje no duda en definir a la novela como "un espejo camino abajo".

La definición del cuento de V.S. Pritchett tiene que ver con "aquello que intuímos por los bordes de la mirada, como al pasar".

Raymond Carver aseguró que, para escribir una novela, el escritor "debería vivir en un mundo que tuviera algún sentido, un mundo en el que pudiera creer". Raymond Carver, claro, escribía cuentos.

Philip K. Dick —quien supo habitar un mundo propio e increíble y sin el menor sentido— escribió novelas que parecían cuentos y cuentos que parecían novelas, porque "el cuento habla sobre un asesinato y la novela habla sobre el asesino". Philip K. Dick murió asegurando a sus íntimos que había alcanzado la habilidad de comunicarse con el apóstol Pablo y que había conseguido matar a un gato con la sola fuerza de su mente.

Pero, ah, nada de esto es del todo cierto.

Nada es tan fácil a la hora de las definiciones, porque siempre van a aparecer posibilidades alternativas, distintas facetas de una misma historia a la hora de intentar percibir la forma de la literatura.

Novela y Cuento —por ejemplo— son la hija y el hijo de un muy buen amigo de Forma.

Novela —la mayor— es larga como *La Guerra y la Paz*, tiene trece años de edad y ya alberga en su cuerpo la posibilidad de una trama inolvidable, que a Forma le gustaría leer algún día si no estuviera penado por la ley y las buenas costumbres.

Cada vez que Forma va a visitarlos, Novela se le sienta al lado, no lo deja solo ni un segundo y no para de contarle un capítulo tras otro acerca del perfecto desprecio que siente por Cuento, su hermanito de ocho años.

—Yo soy mejor que vos —le dice Novela a Cuento—. Yo soy más grande, enano inmundo.

Entonces Cuento la mira con su mejor cara de enigmático pez banana y le contesta hablando muy despacio y sin perder ni un centímetro de su sonrisita sin-zen-tido.

—Sí, pero yo soy mucho más completo y contundente. Yo soy práctico y funcional. Yo empiezo, transcurro y termino y no dejo lugar a dudas. Es más: yo soy mucho más fácil de contar y mucho más difícil de escribir.

—*El Gran Gatsby, El Cazador Oculto, A Sangre Fría, El Sueño de los Héroes, Fiesta, Falconer...* —sonríe Novela.

—"Babilonia Revisitada", "Para Esmé, con Amor y Sordidez", "Miriam", "Los Milagros no se Recuperan", "El Gran Río de los Dos Corazones", "El Marido Rural"... —sonríe Cuento.

Hasta ahí llega el tenso intercambio de palabras. Novela se arroja entonces sobre Cuento con todas sus uñas.

Cuento lanza patadas como si fueran adjetivos esdrújulos y Forma tiene que meterse entre los dos, simulando que le preocupa el daño que puedan hacerse y sabiendo perfectamente que son mucho más resistentes que él, que son casi irrompibles y tan viejos como el tiempo.

La madre de ambos, mientras tanto, viene corriendo desde la cocina para imponer las leyes de un orden que conoce mucho mejor que el visitante, la eficiente clave de una tregua a toda hostilidad.

Un par de miradas fijas de la madre, como inapelables agujas de reloj, como puñales suspendidos en el aire de la tarde, dicen más que varias páginas de amenzas explícitas y alcanzan para que Cuento y Novela vuelvan a sus respectivos rincones después de haber sido reprimidos y editados.

La madre de Cuento y Novela, la mujer del amigo de Forma, se llama Palabra y está embarazada.

Esa misma tarde, Novela le confía a Forma que el bebé será una nena y se va a llamar Nouvelle, sin saber que —pocos minutos antes— Cuento se acercó con movimientos de cortesano conjurador para susurrarle a Forma: "Te juro que va a ser un nene y se va a llamar Relato". Tanto Cuento como Novela no pueden sino estallar en carcajadas despectivas cuando Forma les sugiere la posibilidad de que el futuro nuevo miembro de la familia pueda llamarse Poesía o Verso.

Cuento y Novela siguen riéndose a carcajadas al caer la noche. El amigo de Forma aún no ha vuelto de quién sabe dónde y Palabra ya comienza a poner los ojos en blanco y a pedirles maldiciones prestadas a todos los demonios del infierno, a todos los libros de la biblioteca.

—Siempre el mismo cuento... la misma novela de siempre... —murmura Palabra después del tercer whisky y con todas las luces de la sala apagadas.

—Sale temprano de casa porque dice que acá no puede escribir, que no se le ocurre nada. Y, claro, yo me tengo que encargar de todo... de los dos monstruos y de toda la casa, porque el señor ha perdido la inspiración —solloza Palabra casi sin ganas.

Después cierra los ojos, se toca la panza de siete meses y repite lo mismo una y otra vez, como si fuera un salvavidas, como si fuera un mantra.

—Te vas a llamar Daniela y vas a ser maestra jardinera... Te vas a llamar Sebastián y vas a ser físico nuclear.... Te vas a llamar Daniela y... —recita Palabra.

Forma hace que no escucha, pero no puede evitar oír la estampida de Cuento y Novela en los altos de la casa.

Cuento y Novela pateando espejos y degollando muñecas al grito de *¡Había una vez...!*, al grito de *¡A ver quién grita más fuerte!*

La Forma de la Muerte

La muerte —como idea, como algo real— se instala primero en el cerebro y de ahí comienza a bajar, sin apuro, por los huesos y por la sangre hasta conquistar la certeza del cuerpo, piensa Forma.

Uno empieza a morir en el minuto exacto en que piensa por primera vez que va a morirse, le explica ella detrás de una sonrisa.

Ella se muere.
Ella se está muriendo.
Ella va a morirse.

No importan los tiempos del verbo porque el verbo es uno. Es un acontecimiento tan obvio que ni siquiera se discute. Por eso es que hace tiempo que ambos han decidido no mencionar la muerte de ella. Prefieren, en cambio, hablar sobre la muerte en general, sobre la muerte de los otros, sobre la forma de la muerte.

En realidad, ella habla y Forma escucha.

Ella se acomoda entre los almohadones con el esfuerzo de quien trepa una montaña. Una vez sentada, le sonríe desde la cima, busca un libro y —con cierta dificultad— lee en voz alta.

Es un libro que no debería estar ahí. Es un libro que el médico le hubiera prohibido tener de no estar escondido detrás una sobrecubierta falsa. La sobrecubierta miente una escena festiva, un rostro de ojos soñadores, un nombre de mujer. El libro es, en realidad, un libro sobre la muerte. Un libro donde se recopilan los modos y maneras en que murieron seres vivos célebres. Bruce Lee, Toro Sentado, Poncio Pilato, Cole Porter.

Ella le cuenta a Forma que lee una muerte por noche. Las lee de a una y tiene que contenerse para no hacer trampa. Lee muertes como si fueran bombones que extrae de una caja no demasiado grande, una caja de muertes que tiene que durarle hasta su propia muerte.

Forma escucha con atención. Forma simula que la escucha.

Ayer ella le contó sobre el cadáver de Benny Hill. Lo encontraron frente a su televisor prendido, cubierto de billetes de una libra, sonriendo. Ella le lee ahora la muerte de un griego antiguo, el padre de la tragedia griega, con esa voz entre didáctica y amarga que tanto le molesta a Forma. La historia es tan ridícula como sólo la historia de una muerte puede serlo. El griego camina por las playas de Gela, en la isla de Sicilia, y es fulminado por una tortuga que cae del cielo. La deja caer un águila, confundiendo la cabeza del griego con una roca donde quebrar el caparazón de su almuerzo. Según la leyenda, la tortuga no sufrió daños mayores y corrió en cámara lenta hacia las aguas azules.

Pobre Esquilo, nunca supo que fue lo que le pasó, dice ella. Yo, por lo menos, sé que me estoy muriendo; puedo contemplar mi muerte como se contempla un cuadro y quizás, algún día, antes de que sea demasiado tarde, pueda incluso llegar a entender mi muerte, suspira ella.

Una breve anotación en los diarios de Francis Scott Fitzgerald bajo la categoría de "Observaciones":
P: —¿De qué murió?
R: —Murió simplemente de mortalidad.
Del mismo modo, los doctores que la rodean y la acosan como hormigas a un picnic, no tienen la menor idea acerca de cuál es el nombre o el motivo del mal de ella. Los innumerables tests y pruebas no han encontrado nada salvo una tenue y progresiva desaparición de sus signos vitales.

De una cosa están seguros: ella se está muriendo. Y le comunican la noticia con pesar mal actuado porque ¿acaso no es ella feliz?

Ella explica que es, en realidad, una elegida de la muerte; que ella honra la forma de la muerte del mismo modo en que otros deciden rezarle a maquetas de yeso y pintura de dioses mucho más invisibles que la muerte misma.

Forma le pregunta cómo es la muerte.

Ella le contesta que la muerte es como la persona más importante de tu vida. Esa persona que se conoce demasiado tarde y apenas por un segundo.

De ahí que ella se haya propuesto comprender a la muerte antes de que la muerte la comprenda a ella.

Ella se ríe de los médiums y de los mercaderes del Más Allá. Sin embargo, algunas noches atrás —siguiendo sus órdenes— Forma buscó y encontró una mujer que decía conversar con almas y fantasmas. Bajaron las luces, encendieron las velas. La médium entró en trance con facilidad sospechosa y, lo que en cualquier otro momento hubiera sido considerado apenas un ladrido a la distancia o el sonido que produce la respiración de los edificios durante las noches calefaccionadas del invierno, ahora debía escucharse como un quejido lastimoso desde el otro lado.

El espíritu prendido en la voz de la médium se refirió a paisajes grises, a seres más o menos queridos, a luces blancas al final del túnel de la noche. Quince minutos más tarde, la médium se derrumbó con el exagerado dramatismo de los ignorantes y se la recompensó con una paga igualmente desproporcionada.

Cuando la médium y los médicos hubieron partido, ella le pidió a Forma que se acercara a su boca y le dijo que no tuviera miedo, que eran todas mentiras, que ella no iba a volver para importunarlo una vez que muriera.

Ella le pregunta si alguna vez tuvo miedo a la muerte.

Forma le contesta que sí; que no hace mucho se dormía con la seguridad de que iba a morir durante las horas del sueño. El corazón le latía en el brazo izquierdo y él se dejaba llevar por el cansancio como si se rindiera a un enemigo invisible, le explicó. Pronto el miedo a morirse invadió los días. Forma imaginaba con preocupante exactitud accidentes de auto, aviones precipitándose desde los cielos, episodios ridículos y fortuitos donde se moría por una cuestión de centímetros o de minutos. Forma gemía pensando en la muerte de todos aquellos a quienes amaba.

Ella lo escucha. Ella se ríe con partes iguales de diversión y respeto.

Ahí está, sonríe ella: el miedo más terrible no es a la muerte sino a no saber el momento exacto en que uno va a morirse. No se teme a la muerte. Sería tan ridículo como temer a las mareas o al sonido de un trueno en el borde del cielo. No se teme a la certeza de la muerte, se teme a la posibilidad de morirse en cualquier momento, le explica ella.

Forma le pregunta si ella sabe el momento exacto en que va a morirse.

Ella le contesta que sí, que tiene una idea bastante aproximada de cuándo va a ocurrir semejante acontecimiento.

Forma le pregunta cuándo.

Ella le contesta que no puede decírselo, que si se lo dice todo sería muy fácil para él y que, por encima de todo, ella desea que su muerte provoque cierta expectativa, que sorprenda.

Ella sabe que va a morirse y sabe cuándo va a morirse.

"¿Por qué temer a la muerte, si es la más hermosa aventura de la vida?", recita ella, repitiendo las últimas palabras de un magnate antes de hundirse sonriendo desde la cubierta del *Lusitania*.

Ella se considera una artista de la muerte que no quiere decepcionar a su público.

Ella le cuenta lo que ocurrió con la chica de la cama de al lado, la chica con quien compartía la habitación hasta hace unos días.

Forma vio a la chica un par de veces por unos pocos minutos. Casi siempre la estaban trayendo o llevando a *tratamiento*. Ciertas palabras imponen la necesidad de no aventurarse más allá de sus orillas; por eso Forma nunca preguntó cuál era el mal o en qué consistía ese *tratamiento*. Se acuerda, sí, que la chica tenía un nombre raro y los ojos más tristes del mundo.

Ella le cuenta ahora que la chica se escapó. Los médicos la habían desahuciado; apenas se limitaban a dedicarle dos o tres inútiles preguntas por visita. Ella le cuenta que una noche la chica empezó a hablarle de cosas raras. La chica hablaba sobre un "pánico de la huida considerada", le explica ella. Algo sobre mantenerse en movimiento para desconcertar a la enfermedad, para no permitir que el mal se asiente y se acomode. La geografía como forma de antivirus. La chica habló de su padre y de su madre. Hacía años que no los veía, hacía años que no los buscaba. Su familia, sonreía la chica, había sido atacada por una de esas bacterias que se las arreglan para derrumbar toda estructura celular. La última noche le dijo que iba a escaparse, que tenía su Harley Davidson en el garaje del hospital.

Ella la escuchó y después la vio alejarse del edificio desde la ventana de la habitación. El rugido de la motocicleta y el punto cada vez más pequeño de luz y entonces —por un instante— sintió una angustia y un miedo que no había sentido hasta entonces. Una angustia y un miedo que, se juró, no podía tener ninguna relación con la forma de la muerte.

Esta mañana, Forma la encuentra arropada en un casi novedoso malhumor. Ella le dice que soñó toda la noche con iglesias vacías y con olas gigantes. Ella abre su libro y lee algo que dijo Pablo Picasso días antes de morir: "Cuando muera será como un naufragio, y del mismo modo que ocurre cuando un gran navío desaparece bajo las aguas, muchos serán arrastrados a las profundidades por el remolino de mi muerte".

Ella dedicó buena parte de la noche a pensar en el mundo cuando ella no esté y —como tantos otros en su misma situación— no pudo sino acabar fantaseando con maldiciones post-mortem, con formas de vida más allá de la muerte. La idea de que su memoria inspire el más exquisito de los temores la desconcierta. Siempre pensó en la muerte en primera persona del singular, confiesa; siempre pensó que su muerte sería el final de todas las otras vidas.

Ella le cuenta a Forma algo que leyó en el diario. La historia de un chico con una bala en la cabeza. Un accidente de caza, le explica ella: el chico y su padre habían salido en busca de un ciervo, alguien disparó con los dos ojos cerrados. El chico está bien, le explica ella. No le pasó nada, salvo esa bala que llevará en la cabeza hasta el día de su muerte. A ella le parece divertido que, en un par de siglos, algún especialista tropiece con el esqueleto del chico y decrete que murió asesinado de un balazo en la cabeza.

Ella piensa que el chico debería dejar la verdad por escrito. O grabarla en una cinta y ser enterrado con ella, para no confundir a los investigadores del mañana, a los heroicos estudiosos de la muerte. Gente que todavía no ha nacido, gente que todavía está muerta.

El único problema del chico, explica ella, es que los días de tormenta la bala funciona como antena y sintoniza una estación de radio dentro de su cabeza. Música clásica, se queja el chico en el artículo del diario. Solo de piano y variaciones para conjurar el insomnio. No te quejes, dice el diario que dice el padre del chico, con el tiempo aprenderás a disfrutarla.

Forma descubre que —más allá de pequeños tecnicismos— ella ya está muerta. Que sólo quedan por completar algunas formalidades, llenar los formularios de la agonía y el último, largo suspiro, para que ella reciba su diploma que la certifica como habitante *summa cum laude* del otro lado.
Ella se ha preparado muy bien. Ella ha estudiado más de lo necesario.
Ella le pide a Forma que le traiga de sus viajes todo lo que consiga sobre la muerte.
Postales de sótanos romanos con esqueletos de monjes enterrados de pie y rodeados por huesos y calaveras que cubren techos y paredes. Postales del Día de los Muertos en México, un fémur de azúcar. Viejas fotos de Auschwitz.
Ella quiere saber todo sobre la muerte antes de enfrentarla.
Ella quiere saber más sobre la muerte que la muerte misma.
Ella quiere poder sorprenderla con sus conocimientos.
Por eso —desde que se descubrió su mal y se intuyó una fecha— ella envía a Forma de viaje por los cementerios del mundo.
Para que encuentres el mejor, dice ella, para que ubiques el sitio exacto donde pasaré el resto de mi muerte.

El cementerio bajo las aguas. El sitio hacia donde fluyen —por inercia y por reflejo— todos aquellos que mueren en altamar. Los cuerpos arrojados por la borda. Los cuerpos que se hunden con los barcos, los cuerpos arrastrados hacia lo profundo por una corriente traicionera.

Allí están todos. Allí descansan y flotan en paz.

Las calles muertas de Pére Lachaise. Forma recuerda haber llegado allí el último 3 de julio, el aniversario de la muerte de Jim Morrison. La policía luchaba con unos dos mil fanáticos que se resistían al traslado de los huesos de un rocker de segundo orden.

Los familiares de muertos más ilustres y más antiguos estaban cansados de los desmanes: consumo de drogas y comercio sexual entre lápidas y mausoleos. Una joven de mirada sin párpados le cuenta a Forma que todo comenzó con la llegada de los padres de Morrison. "Trajeron perros adiestrados, rayos infrarrojos, personal de seguridad; no nos quieren por aquí", casi llora, casi ríe.

Forma sigue caminando. Forma se sienta sobre una lápida para practicar el discutible deporte de tachar los nombres de los muertos recientes en la agenda del año pasado y de ordenar las fotos de los muertos.

Las fotos de los muertos —descubre Forma— parecen emular la erosión de los cadáveres y comienzan a perder el color y los contornos resistiéndose a convertirse en la única prueba de que ese alguien alguna vez paseó por el mundo de los vivos y desgranó cuentos y anécdotas y posibilidades truncadas de algún futuro.

Hay historias más interesantes en este cementerio. Las prostitutas que atienden dentro de las pequeñas criptas, a puertas abiertas, por 220 francos.

La tumba de Oscar Wilde, dónde se reúnen los adoradores de lo oculto.

Los historiadores retirados que se encuentran todos los días a las tres de la tarde frente a la tumba de Honoré de Balzac.

La tumba de la princesa rusa que prometió su descomunal fortuna a aquel que pasara todo un año junto a su ataúd de mármol, y los varios pretendientes que murieron o perdieron la poca razón que conservaban, obligando a las autoridades del cementerio a clausurar la puerta del panteón.

La tumba de Victor Noir coronada por una efigie yacente del difunto: un bronce acostado representando los últimos segundos en la vida de un hombre demasiado joven para despedirse de la vida. La camisa y los pantalones de la estatua están desabotonados para ayudar a respirar al hombre de metal. Las jóvenes casaderas de París suelen dejar un ramo de flores junto a su sombrero y besar sus labios para recibir una proposición de matrimonio durante los próximos 365 días. Las jóvenes de París que buscan un hijo se montan sobre su fría bragueta, se hamacan sobre su entrepierna de bronce, y cantan. Enciende mi fuego.

El cementerio de Canciones Tristes. Todas sus lápidas están en blanco. Se entierra a los muertos en cualquier lugar. Los deudos asisten al servicio con los ojos vendados. Se los hace girar en el lugar, se los marea. Con el correr de los años y de los muertos, se los ve caminar por esas calles flanqueadas de sepulcros como se camina por la cuerda floja. Se los ve arrojar un ramo de flores sobre cualquier tumba como se arroja un ramo al aire en las bodas. Sin mirar y por encima del hombro. Se los oye conversar con un muerto que casi nunca es el muerto conocido. Se conocen así un montón de cosas de otras familias, de otras vidas y de otras muertes.

Trabajos manuales

Ella canta todo el tiempo "She Said, She Said". Su canción favorita por razones obvias. Forma también canta: "Ella dijo / Yo sé cómo es estar muerta / Yo sé cómo se siente estar triste / Y ella me está haciendo sentir como si yo nunca hubiera nacido".

Forma piensa en la muerte como en algo que trasciende el acto de morirse. Como algo que se pierde y se sabe que ya nunca se va a encontrar.

La muerte como imposibilidad definitiva de seguir dando amor.

Es cierto que Forma no la ama exactamente. Que nunca la quiso demasiado. Pero ahora ha descubierto que la proximidad de la muerte la vuelve más importante.

Forma descubre que la ausencia de ella se traducirá, en realidad, en la más constante de las compañías. Su rostro se pegará a la cara interna de la pupila de Forma para ya nunca abandonarla. Su figura será una transparencia sepia por encima de todas las cosas y de todos los paisajes. Forma comprende que su desaparición la volverá más real dentro de su vida.

He aquí, piensa Forma, la clave de la naturaleza del fantasma, la prueba definitiva de que los fantasmas existen.

Ella dijo, ella dijo.

¿Qué decir ahora frente a su tumba?, piensa Forma. ¿Con qué palabras simular que ésta es la despedida cuando en realidad es el principio de algo nuevo?

Forma recuerda unas palabras de su escritor favorito. No las recuerda con exactitud pero sí la idea de que "los muertos, sabe Dios, no son una minoría... ¿Cómo puede un pueblo que no sabe entender la esperanza de muerte entender al amor, y quién hará sonar la alarma?"

A ella le hubieran agradado estas palabras y ahora Forma las deja caer sobre la madera espejada del ataúd y recuerda los espejos con los que ella se hizo rodear para poder así contemplar el momento de su propia muerte.

Ahora Forma camina por un cementerio viejo como el mundo. Un antiguo cementerio enclavado en el corazón financiero de una isla ubicada en el centro mismo del planeta.

Forma pasea entre las lápidas gastadas por el tiempo como dientes que han mordido demasiado. Se apoya sobre una que le pareció la más antigua de todas y recorre la historia del epitafio con los dedos. No es fácil leerlo pero, al final, toda una vida entra por sus manos. Oye la voz con la misma claridad con que escuchaba la conversación de los sepultureros. Siente la mirada cálida y atemorizada de un joven que ha muerto doscientos años atrás.

El poder de los muertos, recuerda haber leído Forma, consiste en que los vivos se piensan observados por ellos todo el tiempo. Los muertos tienen una presencia y ahora Forma se pregunta si existe un nivel de energía compuesto únicamente por los muertos. Ellos también están bajo tierra, por supuesto, despiertos y deshaciéndose. Tal vez nosotros seamos lo que ellos sueñan, piensa Forma.

La voz de los muertos, la crecida de los sueños de los muertos lo cubre con el ruido blanco que acecha entre las estaciones de radio. Forma siente como si tuviera una bala en la cabeza, como si hubiera muerto doscientos años atrás, como si no existiera diferencia alguna.

Hace frío. Entra en esa hora del día donde la tarde parpadea por unos segundos, indecisa, porque ha llegado el momento de alzar los telones de la noche.

Entonces Forma piensa en todas las personas que están muriendo en ese instante.

Forma piensa en el momento exacto en que ella murió. En el cálido resplandor que pareció desprenderse de su cuerpo y empañar apenas los espejos y los cristales. Forma piensa en aquello que los hombres piadosos y crédulos insisten en llamar alma cuando, en realidad, apenas se trata de la muerte abandonando un mecanismo ahora inútil para instalarse en otro cuerpo, en otro lugar, lejos.

LA FORMA DE LAS ESTACIONES

Cuatro estaciones colman la medida del año;
Hay cuatro estaciones en la mente del hombre.

JOHN KEATS

La Forma del Otoño

Forma recuerda con cierta inasible nostalgia que alguna vez el otoño fue para él la estación del aburrimiento.

Los recuerdos, claro, no aparecen solos. A Forma cada vez le cuesta más recordar. Cada vez le demanda un mayor esfuerzo el que toda la historia vuelva a ocupar un lugar en su memoria, superponiendo estas largas lluvias vistas desde adentro —desde una casa en las playas de Canciones Tristes que rara vez abandona— con aquellas lluvias largas cayendo sobre su cabeza como batallones de ejércitos de agua.

Lo cierto es que el otoño es la única estación con un *Había una vez...*, con un principio claro y definido. Después, el clima y el humor cambian de un día para otro y ahora Forma abre el diario y se detiene en una foto en blanco y negro mientras a su alrededor el mundo entero se confabula en logradas tonalidades de amarillo y ocre.

La noticia en las páginas policiales del diario no ocupa demasiado espacio y se refiere a un confuso y trágico incidente ocurrido en un restaurante naturista de la ciudad.

La sonrisa definitiva y gris en la foto —la sonrisa de alguien que murió contento— pertenece al rostro de un hombre que Forma casi había olvidado por completo. Ni siquiera puede acorralar el nombre —sospecha que es uno de esos nombres que empiezan con *F* o con *G*— pero de una cosa sí está seguro: ese hombre fue alguna vez, como lo fue el mismo Forma, uno de los Aburridos.

Eran jóvenes entonces, la ciudad tenía la forma que le prestaban las diferentes bandas que la componían y la hacían sonar; y cómo evitar la tentación de multiplicar las bandas, de jugar al *¡creced y multiplicaos!* Por eso el gozo de enterarse de la irrupción de bandas dentro de las bandas y el barroco organigrama que había que poner al día casi todas las noches.

De ahí que al principio ellos se ubicaran en la parte más baja de la pirámide que sostenía la gloria de los Irrealistas Virtuales y que —por el puro placer de complicar las cosas— no demoraran en generar la escisión que alcanzaría cierta celebridad bajo el nombre de los Aburridos.

La ambición y el credo de los Aburridos consistía en celebrar el aburrimiento como una de las bellas artes. Y, sí, el otoño era la estación que mejor le quedaba a los Aburridos.

Ahora Forma recuerda que corrían despacio los años intermedios, los formidables '80. Y que todos querían ser Aburridos. Todos se aburrían, pero sólo un puñado de elegidos —como Forma, como el hombre sin nombre de la foto gris del diario— podían aspirar a ser parte de los Aburridos.

Había que aspirar mucho para ser un elegido.

La rutina era siempre la misma y era una rutina aburrida.

Los Aburridos trabajaban durante la semana y el jueves ya organizaban la colecta para conseguir provisiones y vituallas para esas aburridas noches del fin de semana, esperándolos como bostezos abiertos. Sustancias controladas envueltas como caramelos peligrosos en los mismos papeles metalizados que habían contribuido a obtener algún *¡Muy Bien 10!* en trabajos manuales hacía tanto tiempo, en otra vida.

Los viernes por la noche los Aburridos se ubicaban alrededor de una mesa circular negra y vaciaban allí el contenido de sus arcas. Poderosos volcanes a escala, pequeños krakatoas de química y luz.

Luego cantaban el Himno Nacional Argentino. La canción patria era —de algún modo— tan parecida a sus vidas que la entonaban con sospechosa emoción. Los Aburridos consideraban al himno nacional como una suerte de megamix de *Greatest Disco Hits*. Varios comienzos de himnos nacionales compaginados por la perversión de un disc-jockey lisérgico. Sólo faltaba el ronquido del *scratchin'* o la constancia de un ritmo para que todo el asunto remitiera a uno de esos pastiches clásicos estilo Luis Cobos, o a un pesadillesco capricho de los Pet Shop Boys, o a la más perfumada euro-trash de playa, quién sabe.

Los Aburridos cantaban de pie, rodeando la mesa y con sus diestras sobre el corazón que empezaba a latirles cada vez más rápido.

El paso siguiente era trazar el itinerario. Clubs y discos y conciertos de rock y —en contadas ocasiones— otras casas, siempre a bordo de un auto tan grande como un departamento de un ambiente. Sin kitchenette, sin baño; pero aún así la felicidad.

La idea era, siempre, no permanecer. Cambiar de ritmo y de humor. Como el Himno Nacional Argentino. Quedarse poco y aburrirse rápido y volver veloces a inclinarse y rendirse ante la pupila negra de la mesa redonda con la disciplina y entrega de antiguos caballeros medioevales.

Así, los Aburridos se movían en círculos veloces y eran avistados aquí y allá en demasiados lugares para una sola noche. No tardaron en conseguir el éxito y la excitación de ser vistos en varios lugares al mismo tiempo.

La idea era salir cada vez pensando en el retorno, en la sacudida y el saqueo a sus organismos. Salir y volver una y otra vez, como se vuelve de una batalla cada vez más breve y, sí, aburrida.

Hablaban de cualquier cosa, de todo lo que se habían aburrido.

Ordenaban las finas rayas de sustancia como si se tratara de ideogramas del I-Ching. Este se llama *La Necedad Juvenil*, decía uno. Este se llama *La Desintegración*, afirmaba otro. Yo estoy casi seguro de que éste es *La Dificultad Inicial*, o *Las Comisuras de la Boca*, o *La Preponderancia de lo Pequeño*, dudaba otro. Se metían ideogramas por la nariz sin comprender del todo su significado pero aspirando hondo.

Pronto, los Aburridos dejaron de salir. Preferían aburrirse ahí adentro, sintiendo cómo el viento de su vicio erosionaba la altura y majestad de sus pequeños volcanes albinos mientras contemplaban videos frescos grabados de la televisión durante esas noches blancas de verano. Videos reservados para las grandes ocasiones del otoño. Festival de la Doma y del Folklore. Cosquín. Baradero. Clásicos de trasnoche insomne.

Eran demasiado felices, se aburrían tanto. Semejante felicidad no demoró en provocar la ira de los mayores —de los Irrealistas Virtuales— y entonces, como suele ocurrir, los acontecimientos se precipitaron de varias y muy contundentes maneras que abarcarían mucho más espacio y entusiasmo del disponible en estas páginas.

Alcance por el momento con decir —no pierdan el tiempo buscando algún mensaje enredado en las hojas caídas de esta historia otoñal— que ésta no es una "historia moral" ni pretende serlo.

Y que el hombre que ayer entró en el restaurante naturista (el hombre en la foto de las páginas policiales del diario, el último de los Aburridos en actividad) no era un desequilibrado, sino un verdadero ejemplo para todos aquellos que se aburrían durante los formidables '80, antes de la New Age, y que —al igual que el hombre llamado Forma, que ahora sostiene el diario e intenta recordar un nombre perdido en su memoria— apenas se limitan a pasar, de vez en cuando, una noche sin usar los párpados. Toda una aburrida noche, mirando fijo la aburrida CNN, con la aburrida nariz esperando que otro Aburrido desate el próximo aburrido apocalipsis de bolsillo, presionando un aburrido botón cualquier aburrido otoño de éstos.

La Forma del Invierno

Es en invierno, piensa Forma, cuando tienen lugar las mejores historias.

En invierno, las palabras que estuvieron forjándose bajo los furiosos soles del verano y los prólogos lluviosos del otoño encuentran su orden justo y su justa razón de ser: su principio y su final exactos.

En el invierno suceden aquellas historias que nunca habrán de olvidarse y que acabarán mordiendo las espaldas a lo largo de los años como el más fiel y amable de los sobretodos.

Por eso, nunca cuenten en verano una historia que sucede en invierno: el relato se vendría abajo como un avión que decide negar la existencia del piloto y del pasaje, prefiriendo en cambio la tan relativa como breve recompensa del estallido. El golpe de asombro de la poderosa onda expansiva funciona por un breve momento —es cierto—, pero no demora en ser reemplazado por otra explosión, por cualquier otra variante de catástrofe en cualquier lugar o verano del mundo.

Esta historia es respetuosa y casi consecuente con la forma del invierno. No esperen —por lo tanto—, leerla en los diarios. El latido del universo nunca se detendría para darle paso a esta historia, para ayudarla a cruzar o cederle un asiento junto a la ventanilla. Pero el invierno, seguro, no vacilaría en dedicarle un silbido admirado desde el otro lado de la calle.

La historia es ésta, la historia es así.

Hay un poeta —un pésimo poeta— que confunde persona con personaje. Decir entonces que es un pésimo poeta es como decir que sería el perfecto cliché de poeta a la hora de armar casting para uno de esos vergonzantes films de Hollywood donde todos los hombres de letras destilan ajenjo y usan boinas ladeadas y recitan en voz alta versos dignos de funcionar como música funcional en alguno de los tantos círculos del infierno, en esos ardientes ascensores que sólo van hacia abajo, más abajo todavía.

El poeta en cuestión golpea a su mujer —una delicada señorita de buena familia que abandonó la inocurrente seguridad de su hogar por la improvisación de la bohemia—; la golpea pensando que cada golpe le proporcionará un perfecto soneto, una posibilidad de lo eterno.

La golpea con pasión poética. La golpea una y otra vez hasta que la mujer toda adquiere un color violeta uniforme, donde ya no es posible reconocer el carácter individual de cada uno de los golpes. La mujer acepta la situación resignada, con mirada vestal, con la templanza de quien cometió el error de creerse aquello de la musa inspiradora.

Los amigos de la pareja —poetas igualmente malos pero de costumbres más nobles— asisten al espectáculo con la mezcla justa de espanto y fascinación que siempre proponen estos números, más dignos de una carpa que supura freaks que de las nobles tribus del arte y de los cielorasos de la lírica.

Por eso tardan en reaccionar. Por eso y porque el más surrealista de todos ellos insinúa la posibilidad que el mejor poema del peor poeta quizá sea, finalmente, esa mujer golpeada. Y que tal vez haya que esperar a que termine de escribirlo.

Pronto comprenden que el fin de semejante empresa sólo tendrá lugar con el alumbramiento de una dudosa elegía y la muerte de la Mujer Soneto. Entonces deciden hacer algo que tiene que ver más con algunas breves ficciones fantásticas que con la poesía.

Afuera nieva, claro. Afuera es invierno y, adentro, el más malo de todos los poetas es convidado a probar todos los alcoholes de la tierra en una taberna cercana a los muelles, mientras la mujer tatuada de golpes rimados huye sin rumbo fijo. La Mujer Soneto se encomienda al frío de la noche sabiendo que cualquier punto de llegada será mejor que el punto de partida.

Sobre los filos de un amanecer gris, los conspiradores líricos depositan al peor de los poetas —inconsciente y balbuceando versos que pronto, piensa, serán golpes— en un carruaje tirado por caballos nacidos para correr siempre y nunca para detenerse.

Y es aquí donde sucede aquello que sólo puede ocurrir en invierno: los poetas le dan al cochero una dirección inexistente, el nombre de dos calles que nunca se cruzan ni se cruzarán.

Quinta Avenida y Boulevard Saint-Germain, ordenan en voz baja.

Lo importante de todo esto —lo que sólo puede acontecer en invierno— es que el cochero no protesta ni señala la imposibilidad de su destino. Simplemente se limita a hacer restallar su látigo y allá van, veloces.

Y nunca más vuelve a saberse nada del poeta percusivo.

El autor de esta historia la escribió por primera vez hace tanto tiempo, en un país tropical que nada sabía de las cuatro estaciones ni de la benéfica forma del invierno.

Volvió a invocarla en la primavera inocua de un suplemento literario, sin demasiada suerte y por todos los motivos incorrectos.

Recién ahora, en el perfecto invierno de Canciones Tristes —un lugar que está en todos lados y en ninguna parte, un lugar donde todas las direcciones son posibles, un lugar donde el poeta se despertó un día a bordo de un carruaje, con los despiadados ecos del alcohol aún bailando czardas en su cabeza—, recién ahora se permite volver a contarla por última vez, con la secreta esperanza de que ella la lea en donde esté. Que ella la encuentre y la recite en voz alta —en algún lugar, en algún invierno— y le perdone todos y cada uno de los pésimos poemas que alguna vez le inspiró su cuerpo en blanco, su piel a la espera de la tinta de los golpes que nada sabían de la forma del invierno o de las historias que sólo el invierno hace posibles.

La Forma de la Primavera

Lo cierto es que Primavera no es la misma desde que leyó —no puede acordarse dónde y eso la preocupa un poco— aquel asunto de los chinos y el nombre de los chinos.

En el libro —¿en la revista? ¿o quizá lo leyó en la televisión?— se decía que, al nacer, los chinos son bautizados con un "nombre de leche". Un nombre provisorio que, a los ocho años, su portador puede cambiar a voluntad, de no sentirse conforme con la discutible inspiración de sus padres.

Primavera tiene casi diecisiete años y siempre odió llamarse Primavera, y que sus padres le mostraran una y otra y otra vez el cuadro de ese pintor italiano con nombre de zapato caro, y que le hicieran oír una y otra vez el sospechosamente optimista jingle de Vivaldi.

Si le preguntan —si la obligan a contestar, si consiguen arrancarle una palabra—, Primavera ofrece un monosílabo o una serie de breves palabras.

Primavera está en otra, en otra estación. Difícil sintonizarla. Primavera cierra los ojos cada vez que la felicitan por su nombre y juega a ordenar esos puntos de luz oscura flotando tras la leche de sus párpados.

Trabajos manuales

Primavera no abre los ojos hasta que se van y entonces recorre una y otra vez las oscuras y satinadas páginas del libro de Robert Mapplethorpe y carga en su Discman canciones de mujeres complicadas. Versos compactos y digitales y contestatarios de Liz Phair o Juliana Hatfield. Historias y canciones de chicas que persiguen a sus novios sabiendo que van a alcanzarlos y sólo Dios sabe lo que ocurre una vez que los atrapan. Todo eso y también himnos de batalla de jovenes anoréxicas que se conservan misteriosamente vírgenes y que disfrutan sufriendo y así se lo hacen saber a los periodistas que les arrojan preguntas como si fueran flores desde el otro lado de la jaula.

Por eso Primavera odia tanto su nombre y a los padres que la bautizaron así, en otra época, con un nombre de otra época. Un nombre marchito, que huele a flores vencidas.

El mundo era otro y un nombre como Primavera —le aseguran sus padres, los sobrevivientes— tenía algun sentido, alguna razón de ser.

¿Sobrevivientes de *qué*?, se pregunta Primavera. ¿Son mis padres *sobrevivientes*?

Primavera se acuerda de cuando no se acordaba casi nada.

Su padre y su madre con poleras negras. Patillas y pestañas postizas y pantalones anchos. Esos que de vez en cuando vuelven a ponerse de moda por un fin de semana. Fiestas donde alguien extirpaba una guitarra —una guitarra siempre acústica— y se ponía a cantar cosas rarísimas y todos lloraban. Sociólogos. Psicoanalistas. Gente preparada para ayudar a otra gente. Gente que ahora se dedica al consumo o redacción de libros de autoayuda. Y otra gente que desapareció sólo para que otros pudieran considerarse sobrevivientes.

Primavera los mira fijo y, sí, la verdad es que sus padres tienen aspecto de haber resistido alguna catástrofe natural. O el más inesperado de los terremotos. O el naufragio de uno de esos transatlánticos que todavía siguen jurando su inmortalidad en el fondo del mar.

Los sobrevivientes del asunto son todos muy pálidos. Y maníaco-depresivos, además. Les gusta fingir que se acuerdan de cosas que no tienen ganas de acordarse.

Primavera piensa que en algún lugar y en algún momento explotó una bomba. Una bomba que sólo acababa con... con... con... Así quedaron los sobrevivientes, en cualquier caso.

Los padres de Primavera la miran fijo y le hablan con la misma dulce voz en cámara lenta que otros dedican a cerebros irrecuperables: "Es que vos sos muy chica... no entenderías... es muy complicado verlo fuera de contexto".

Primavera vuelve a inspeccionar una y otra vez la foto. *El contexto*.

En la foto hay un viejo exactamente igual a cualquiera de esos que juegan al ajedrez en la plaza, rodeado por unos perritos de mierda. "Esos no son perros, esas son ratitas bien atendidas y listo", se irrita Primavera.

En lo único en que se parece Primavera a sus padres, de lo único que en realidad *pueden* hablar es de los Beatles. Ellos le cuentan que le ponían esos discos para que se durmiera cuando era un bebé, cuando todavía no era consciente de que se llamaba Primavera.

Pero ella no se acuerda de nada de eso. Tal vez le mienten.

Ahora —de golpe— Primavera se acuerda.

Se acuerda de donde leyó el asunto de los nombres de leche de los chinos. Un libro. Lo leyó durante las vacaciones. En la playa. En Canciones Tristes. Se lo regaló un señor con ojos raros. Le dijo que ya no lo necesitaba, que lo había terminado. El libro era una novela llamada *Winona's Blues*. En la tapa había una foto de la actriz Winona Ryder perforada a balazos. Bajo el título, el nombre del autor y una faja que lo identificaba como el autor de *El Hombre del Lado de Afuera* y *Walkman People*.

En *Winona's Blues* —uno más de esos ridículos y psicotrónicos thrillers en existencia— un asesino serial es alentado por el espectro de River Phoenix para asesinar a un joven actor cada vez que Winona Ryder aparece en la tapa de una revista.

Nombres raros. River y Winona —¿nombres de leche?— y todas esas revistas importadas, que Primavera colecciona. Revistas con Winona Ryder en la tapa. Bienvenidos a la colección de revistas de Primavera.

Winona Ryder en la tapa de *Rolling Stone* (16 de mayo de 1991 y 10 de marzo de 1994). Winona Ryder en la tapa de *Vogue* (octubre 1993). Winona Ryder en la tapa de *Premiere* (diciembre de 1992). Winona Ryder en la tapa de la revista de *El País* (10 de abril de 1994). Winona Ryder en la tapa de *Blitz* (Julio 1991). Winona Ryder en la tapa de *Esquire* (noviembre de 1992).

Conviene aclararlo: no es que Primavera quiera parecerse a Winona Ryder, sino que Winona Ryder se parece *tanto* a Primavera.

Si a Forma le preguntaran por la primavera —ahora lo descubre— intentaría de inmediato cambiar de tema o de estación. Forma siempre odió esos tres húmedos y pálidos meses de falso frío y falso calor, donde todas las estaciones se mezclan un poco hasta conseguir un producto indefinible. Forma nunca escribió algo que valiera la pena durante la temporada de las flores; nunca le gustó el asunto, salvo para comprobar —año tras año— que el día en que se inauguraba la temporada en cuestión solía llover sobre cientos de adolescentes que corrían o retozaban por los bosques de la ciudad.

La historia de Primavera es víctima de esa misma confusa indefinición. Forma sabe perfectamente que en esta estación y este cuento late más de una imposibilidad cronológica. Primavera nunca podría tener la edad que dice tener y ser hija de *esos* padres. Todo esto también tiene que ver con que Forma ya es mayor de lo que —por costumbre— sigue pensándose. Forma ya no está en la primavera de la vida. Por eso la construcción de esta joven mortífera, de esta arma mortal con piernas largas y sonrisa torcida, que detesta todas y cada una de las letras de su nombre.

Si le preguntaran a Primavera —ahora que ya es demasiado tarde, ahora que Forma ya no puede hacer nada para ayudarla, salvo seguir escribiendo sobre Primavera—, si le preguntaran a Primavera cuál es el nombre que le gustaría tener, Primavera contestaría sin dudas y con esa vocecita demasiado parecida a un suspiro, Primavera contestaría que le gustaría llamarse Kamikaze.

Pero —como Forma dijo antes— ya es demasiado tarde. Y el único modo en que Primavera piensa que puede removerse el tumor de su nombre es todo eso sobre lo que van a leer en la primera página de los noticieros de mañana.

Primavera va a hacer volar todo por los aires.

Primavera va a escribir sobre su frente la palabra *KAMIKAZE*. Primero pensó tallársela con una navaja y, después de pensarlo un poco, se inclinó por una fibra color verde flúo. Se la va a escribir con letras que se entiendan bien, para que todos lo lean cuando encuentren su cuerpo y el de varios amigos. Primavera se acuerda de *Heathers*, su película favorita. Con Winona Ryder. Una película donde casi todos mueren de maneras estúpidas.

¡Banzai!

El otro día, Primavera leyó —no puede acordarse dónde y eso la preocupa un poco— que el acto de quitarse la vida puede estar relacionado con agentes químicos, o con un gen que un buen día decide ponerse a pensar nada más que en *eso*.

A pesar de todo, a Primavera todavía le cuesta escribir la palabra *suicidio*. Decir *quitarse la vida* —si se lo repite una y otra vez en voz baja— puede convertirse en un sonido tan engañosamente inofensivo como *sacarse un sweater. Voyaquitarmelavida.*

Ahora Primavera cambia de tema como si cambiara de compact en su Discman. Primavera piensa que tal vez no lo haga después de todo, aunque está casi segura de que sí.

Si no es mañana será la semana que viene. Cualquier día de estos la felicidad va a ser un revólver tibio.

Primavera espera que el siglo termine y que el siglo empiece.

En realidad —ahora que lo piensa un poco—, Primavera se muere por sobrevivir a su propia furia. Nada más que para poder leer en los diarios sobre toda esa gente que decidió quitarse la vida el 1 de enero del año 2000.

Va a ser un gran día.

El día más grande de todos.

La Forma del Verano

Con las valijas hechas y con el mapa de rutas estudiado a fondo, Forma lee en un libro algo que le causa una cierta inquietud.

Algo referido a que, finalmente, todas las decisiones —todo aquello que parece fría y lógicamente calculado, todo aquello que, dicen, separa al animal del hombre— no es más que una cuestión de química cerebral.

Electricidad. Impulsos de energía que acaban siendo traducidos como falsas formas de libre albedrío.

¿Cómo saber entonces si uno hace algo porque quiere y lo necesita y lo deseó toda la vida, o apenas a causa de un mínimo gesto, un reflejo de actividad que acaba de tener lugar en uno de los hemisferios cerebrales?

Así, las grandes decisiones (*¿Qué voy a hacer con mi vida?*), y las decisiones aparentemente insignificantes (*¿Con leche o sin leche?*), y las decisiones a las que por una cuestión de comodidad ahora Forma cataloga como "intermedias" (*Sí, estas vacaciones voy a huir de todo y de todos, me voy a esconder en una casa prestada en Canciones Tristes para hacer ya saben qué*), no son más que consecuencia de un mismo resplandor, corriendo médula arriba con igual voltaje.

Forma cierra el libro y no sabe si sentirse desesperado o paradójicamente tranquilo. Felizmente resignado. Es grande la tentación de traducir toda su vida, desde su inicio hasta este momento, a una serie de movimientos neuronales.

O mejor todavía: dejar de lado su vieja vocación y dedicarse —de aquí en más— a *entender* toda su existencia como una nueva y alternativa forma de la electricidad.

Pero nada es tan fácil. Forma ahora piensa que, antes de llegar al placer y a la exactitud al generar los impulsos exactos en el lugar correspondiente, debería exponerse a largos años de búsqueda, hasta encontrar el código con el que construir la ciencia exacta. La ciencia exacta a la que no le molestaría bautizar como Nueva Electricidad.

Un punto de luz en una de sus neuronas le informa que no dispone de tanto tiempo; que ya ha vivido lo suyo y que mejor que otro se ocupe de esos asuntos.

Después de todo, Forma sólo quiere irse de vacaciones. Alejarse de todo y seguir creyendo en el ambiguo salvavidas de un destino manejado por seres superiores, a cargo de los conductos de su electricidad.

Dios y esas cosas.

Forma pone en funcionamiento el contestador automático —más electricidad— y cierra todas las puertas. Alarma eléctrica.

Ya en camino hacia las playas de Canciones Tristes, con su hija a su lado por unos días, como una valija más, Forma no puede evitar este pensamiento: de una manera u otra, todos serán electrocutados por su propio destino y no hay posibilidad alguna, Forma no consigue escapar a la idea de que, para bien o para mal, todavía nadie descubrió el verdadero modo de desenchufarse.

Con los vertiginosos calores del verano —descubre Forma— los cuentos crecen y se reproducen con mayor facilidad.

Los poros se abren como ventanas para dejar salir la sal de los humores y por ahí mismo —polizontes veloces— se introducen los cuentos que enseguida rebalsan la capacidad del cuerpo para desperdigarse por los rincones más insólitos de la casa, una casa prestada por amigos que hace años optaron por el frío de otro hemisferio.

Enseguida —pocos días más tarde de haber llegado con su hija a las playas de Canciones Tristes— la colosal señora que viene a limpiar una vez por semana y a traer las provisiones desde el pueblo empieza a quejarse como todos los eneros.

Hay cuentos tirados por todas partes, protesta. Me asustan con el ruidito de sus patas; ayer hasta tuve que matar a cuatro de ellos. Eran cuentos de terror. Tenían unos dientes *así* y... pero para qué le voy a explicar a usted... Usted es escritor, ¿no?

La mujer pronuncia la palabra *escritor* con el mismo acento entre reverente y asqueado que algunos campesinos de la Baja Europa dedican a la palabra *nosferatu* o algo así.

A modo de disculpa —uno *siempre* termina disculpándose ante estas hembras poderosas e inmemoriales—, Forma le muestra sus libretas llenas de anotaciones hasta la última página. Le enseña la memoria casi colmada de su computadora portátil. Le señala las cenizas de los papeles que se obliga a quemar con las primeras luces de la mañana, al final de cada jornada de trabajo.

A ella nada le parece suficiente y se despide hasta la semana que viene. Forma la ve desaparecer detrás de un médano y entonces —sí, es cierto— piensa que la mujer tiene razón, mientras oye a sus espaldas la discusión de dos cuentos. Un intercambio de agresiones que no tarda en crecer a match de lucha grecorromana.

Forma se acerca para verlos mejor, para leerlos de cerca. Son dos animales de caparazón resistente, tatuado con las más delicadas posibilidades del verde. Uno de ellos está narrado en primera persona del singular y cuenta la historia de un joven viudo que recorre la ciudad acompañado por su hijita de ocho o nueve años. El otro cuenta la extraña relación de una mujer con los teléfonos, una mujer demasiado hermosa para ser traducida a simples palabras.

Forma les dice que no peleen más. Les jura que va a escribirlos a los dos y entonces ellos interrumpen la violencia de su abrazo para mirarlo a los ojos y preguntarle *cúando, cuándo, cuándo*.

Así los deja.

Forma cierra la puerta con llave del lado de afuera, sin pensar siquiera si su hija quedó prisionera en la casa, y se escapa hacia el mar, hacia la orilla, hacia esa mentira de agua en la que muchos creen y por la que muchos son capaces de matar.

Vacaciones..., suspira.

Entonces descubre horrorizado —ahí está, puede verlo correr sobre la arena con la torpeza de un recién nacido— que se le acaba de ocurrir otro cuento, otro cuento más.

Ya llevan casi diez horas cavando. Al cansancio se suma la excitación y el renovado vigor de vislumbrar aquello que empezaron a desenterrar cuando recién se estrenaba la tarde, en los comienzos de esta historia, en las playas de Canciones Tristes.

El hecho de que fuera su hija quien descubrió la cosa, piensa Forma, lo convirtió a él en una suerte de líder natural del operativo, en el hombre que da las órdenes.

Y, aunque siempre odió casi todas las actividades al aire libre, ahora se sorprende sintiéndose un inspirado estratega, un talentoso explorador a punto de ofrecer a la humanidad el perfecto regalo de algo que —por desconocido y diferente— ayudará a darle un nuevo sentido a la memoria de los mortales. Tanto tiempo después, Forma descubre el placer que reside en los músculos y en su movimiento.

Por eso cavan y cavan bajo la luz de las estrellas. Hay luz suficiente para seguir cavando, para sentirse elegidos quebrando el himen de algún antiguo sepulcro egipcio o astronautas humectando por primera vez la piel reseca de la luna.

Cuando se levanta viento en los médanos, cuando hasta la indecisa orilla del mar parece desafiar la inercia de su vaivén, Forma se descubre pensando que todo este asunto le recuerda un cuento que leyó hace tanto tiempo. Al final, claro, todo termina trayendo el recuerdo de algún cuento. Palas y palitas conversando bajo el discreto eco de las estrellas muertas, arrancándole a la tierra aquello que llegó hasta aquí amparado por capricho de alguna creciente importada.

Su pequeña hija camina de un grupo a otro, feliz de ser la responsable de todo este movimiento. Ella es muy pequeña para comprender que —en un futuro cercano— su nombre y su apodo y sus pecas figurarán en los libros de texto de todo el mundo.

Con las primeras luces del amanecer, los rostros cansados adquieren esa venerable tonalidad sepia de la que sólo pueden vanagloriarse las viejas y curtidas fotografías de los pioneros llegados a un nuevo mundo, esas postales en que muestran los dientes y los miedos a la posteridad.

La cosa que han desenterrado a lo largo de la noche mide un poco más de cien metros.

La cosa es un gigantesco teléfono celular descansando en la cuna de un pozo tejido de siglos.

La marea comienza a subir como si fuera el más azul de los telones y Forma, su hija y cientos de desconocidos que ahora se reconocen parte de una gran familia, se sientan alrededor de la cosa.

No se van a mover de ahí hasta que la cosa suene, hasta que alguien los llame y les hable y les regale un puñado de instrucciones y les diga la verdad desde el otro lado.

Ninguno se va a mover de ahí.

Nada más terrible que las Navidades en la playa. Nada más terrible que la parodia de nieves y renos y frío cuando todo remite al verano, cuando la idea de la Navidad se derrite con la resignación de un triste helado. Aun así, Forma no va a devolver el uniforme, no va a devolver el uniforme, no va a devolverlo.

Que vengan a buscarlo ahora, si lo quieren.

Que lo persigan a lo largo y a lo ancho de los médanos de Canciones Tristes.

Que lo acorralen junto al lugar donde se suicidan las olas y que se lo arranquen a dentelladas, como si se tratara de una segunda piel.

Hace tiempo que quedó atrás el espejismo peligroso de

las Navidades, pero no importa. Forma no va a devolver el traje de Santa Claus porque el traje de Santa Claus es lo único que le queda. El traje de Santa Claus es el último reflejo de aquellos días de vida civilizada, aquellos días donde —más por lástima que por necesidad— fue contratado y puesto a transpirar en ese uniforme, en la puerta de la única juguetería de Canciones Tristes.

Poco queda ahora de la barba y la brillantez del color ha sido golpeada con fuerza por el sol del verano. Forma sueña que supo ser feliz al ver que otros, no importa su edad, creían en su felicidad, creían por unos minutos en él.

Las noticias de quienes lo han visto corriendo por las dunas —lanzando risotadas sobre las parejas que esconden su amor, espantando a los niños que vuelven a la playa a ver qué ha quedado de sus castillos de arena con el avance de la marea— han revolucionado al pueblo.

Forma sabe que se están organizando partidas de cacería. Que han traído perros de caza especialmente entrenados en las ruinas de Planicie Banderita y que ya se le adjudican a su figura en fuga todos los pequeños y grandes crímenes acontecidos en el lugar. Que ya se lo culpa de las feroces insolaciones y de esas lluvias que duran tres días y que espantan a los turistas.

No le preocupa.

Forma va a seguir corriendo por los médanos, protegido por el escudo de su carcajada que ya ni siquiera le pesa en la garganta. La carcajada es como un nuevo reflejo de su cuerpo, una señal inequívoca de grandeza. Un grito de batalla demostrándole una y otra vez que está en lo cierto, que debe seguir y no darse por vencido. Que no debe devolver el traje de Santa Claus.

Ya ni siquiera le inquieta el cada vez más tibio recuerdo

de su pasado o qué será de él en el futuro cuando llegue el invierno a Canciones Tristes y ya no sea tan sencillo alimentarse de aves y peces y carroña del turismo.

No piensa en eso porque la felicidad de saberse perseguido es demasiado grande. La felicidad de ser temido e importante —sí, importante— lo desborda y lo cubre con la puntualidad de ciertas tormentas marinas.

Dejad que los verdugos vengan a mí y me atrapen y me conviertan en mártir, piensa Forma. Santa Claus de los Médanos, vela por nosotros.

¡Felicidades!, grita entonces a la luz de las antorchas, antes de despertar y pensar si todo esto es un cuento o apenas un sueño. Cientos de antorchas que se dirigen hacia él, flotando sobre la arena, para participar de su fiesta y de su gloria.

El viejo le alquiló a Forma la sombrilla de colores desteñidos por el viento y la sal. Se la entregó como quien resigna la antorcha olímpica o bendice la herrumbre de Excalibur antes de presentarla a su nuevo dueño —al no tan joven guerrero— y entonces pronunció las palabras con acento ominoso y sonrisa de esfinge en la arena.

—Cuando se empiecen a oír los aplausos... bueno... es hora de juntar las cosas y volver a casita. Cuidado con los aplausos. Yo ya no les intereso... soy muy viejo. Pero usted... usted... ¿cuántos años tiene usted?

Los aplausos en la playa de Canciones Tristes. Los sonidos en la playa cuando un chico se pierde.

Primero son las manos de los padres preocupados y enseguida son varias docenas de manos aplaudiendo. Cientos de manos. Aplausos que asustan a las gaviotas en la orilla, que espantan la pesca en las aguas y que —inevitablemente— remiten a extravíos propios, a pérdidas irrecuperables, al pasado de otras playas y de otros lechos.

Forma recuerda las palabras del viejo. Y, a medida que van pasando los días y los soles —Forma tuvo suerte con el clima—, comienza a preocuparle la frecuencia creciente de aplausos.

Lo que en un principio acontecía dos o cuando mucho tres veces por jornada, ahora —casi un mes más tarde— parece funcionar como sustituto de campanadas en un reloj de arena que da las horas.

Forma no puede disimular tampoco la inquietud que le produce la ausencia de niños jugando en la playa. Se alegra de que su hija haya retornado sana y salva con la madre. Lo cierto es que cada vez hay menos niños. Y ayer escuchó en el bar el diálogo nervioso de un matrimonio que discutía entre susurros su preocupación: "Acá se pierden muchos chicos. En esta playa la gente aplaude mucho, ¿pero vos viste que apareciera alguno? Los padres aplauden y aplauden y al final terminan mirando al mar y al cielo, como esperando que se los devuelvan. Decime, ¿no salió nada en los diarios?... Yo lo único que sé es que es mejor que el nene no venga más a la playa... Que se quede en la pileta del hotel y listo, ¿me oíste?"

Ahora lo único que se oye son los aplausos de manos cada vez más viejas. Manos cansadas de tanto aplaudir. Manos que mañana se resignarán a aplaudir por una pareja de adolescentes que desaparecieron en los médanos, porque ya no quedan chicos por los que hacer sonar las manos.

Forma comprende que pronto se acabarán los adolescentes y que tarde o temprano le llegará a él el turno de perder y extraviarse.

Forma comprende que en las playas de Canciones Tristes la gente no aplaude para invocar la pronta aparición de alguien que confundió el rumbo o se alejó demasiado. No; en las playas de Canciones Tristes la gente aplaude con la felicidad refleja que se produce al final de un concierto. Lo que aquí se aplaude es la destreza del ahora *no lo ves* y no la necesidad del *ahora lo ves*.

Por eso —sin saber que ya es demasiado tarde— Forma se promete irse mañana. Huir antes de que empiecen a aplaudir por él.

Huir entonces, huir antes de que empiecen a aplaudirlo.

El sueño que tuvo ayer —la última noche de sus vacaciones— nos es del todo extraño, le dicen.

No es un sueño *particular*, como el sueño del disfraz de Santa Claus, por ejemplo. Es un sueño *colectivo*, una de las más transitadas autopistas de Oniria. Todo el mundo —tarde o temprano— sueña con eso al final de sus vacaciones.

En el sueño, Forma dejaba atrás las playas de Canciones Tristes para volver a su casa, a su "lugar de origen". Y, claro, en el momento mismo en que bajaba las valijas del auto, Forma descubría que ya no habitaba el lugar de donde había salido. Que otra gente había ocupado su lugar y su casa y su historia, y lo miraban desde la puerta con pupilas entre desafiantes y atemorizadas. "Quedáte acá que voy a buscar el rifle", le decía a su mujer el hombre enfundado en su bata, a la mujer que -un sueño, después de todo- sostenía en su mano uno de los libros escritos por Forma.

Lo despertó el sonido de un disparo en su sueño y el de un trueno en la playa.

Forma piensa en el sueño mientras camina por la rambla —la única calle asfaltada de Canciones Tristes— y contempla la caravana de autos que se va armando con desprolija y resignada voluntad.

Pronto —en cuestión de horas— la caravana será un acto reflejo, la definitiva flecha marcha atrás que se hundirá en uno de los flancos del verano.

Y el verano va a morirse.

Cuatro semanas atrás, Forma contempló la hemorragia del primer recambio.

Los autos que se iban, desbordando piel bronceada y —enseguida— la transfusión de piel pálida que permitía la continuación del asunto por un mes más. Sangre limpia corriendo por las arterias, sangre azul que se oxida en rojo al chocar contra la pared del oxígeno.

Ahora no hay dudas: el verano se muere como si se tratara de uno de esos poderosos mamíferos prehistóricos y mal compaginados con los días que corren.

Forma comprende que, si se concentra un poco, puede oír el latido del embrión del otoño, su inocultable futuro en la espuma del aire. Forma respira profundo la agonía de la clorofila y el asma del solsticio.

Forma recuerda haber leído —demasiado tiempo atrás— un cuento sobre las casas junto al mar. Las casas que quedaban vacías por el resto del año, que sólo parecían cobrar vida cuando la forma del verano se volvía tangible. El cuento hablaba de los fantasmas de los anteriores inquilinos, de los libros dejados atrás, del eco de conversaciones y de la inalterable curva de la orilla.

Forma recuerda también haber arribado a las playas de Canciones Tristes huyendo de los ruidos de la ciudad y que, en el primer día allí, el estruendo del mar le pareció una variación insospechada del espanto de donde venía.

Trabajos manuales

Forma fue entonces hasta el borde del mar y cayó de rodillas, con las manos en los oídos y una sonrisa que apenas sabía nadar pero que aun así se las arreglaba para mantenerse a flote.

Ahora —tanto tiempo después— el ritmo de su respiración está sincronizado con el vals de las aguas, y al repasar el sueño de la noche anterior Forma se descubre feliz, al sentirse seguro de que ya no va a volver.

Que se queden con todo, que ocupen su lugar, porque él va a estar bien.

Va aferrarse a las crines del verano y va a cabalgar su fantasma a lo largo del otoño y el invierno y la primavera.

Va a quedarse en las playas de Canciones Tristes hasta el año que viene, cuando —durante los primeros días de verdadero calor— el reflejo de una marea de metal y humo y ruedas en el horizonte le advierta que todo vuelve a empezar.

Todo igual pero diferente.

Porque —como la sal—, para entonces Forma será invisible, y orgullosa e inamovible parte del paisaje y de la forma del verano.

LA FORMA DEL MEDIO

El medio es el mensaje.

Marshall McLuhan

La Forma de la Fotografía

Esta es una historia verdadera. Esta es una verdadera historia, una historia digna de ser revelada.

En alguna parte —no recuerda dónde— Forma leyó que los miembros de cierta tribu de aborígenes evitaban por todos los medios pararse frente a una cámara fotográfica. Las fotografías robaban el alma, había pretextado el médico brujo de guardia, con incuestionable lógica aborigen.

Al poco tiempo, alguien le explicó —Forma no recuerda quién— que, en realidad, casi todos los aborígenes del mundo preferían evitar el contacto con una lente fría e implacable.

La razón —más allá de latitudes, culturas y color de piel— es siempre la misma: las fotografías roban el alma. Las fotografías dejan al hombre vacío y sin razón de existir sobre la faz del planeta. Una foto no se consigue, una foto se SACA.

Varias toneladas de sacerdotes intentaron convencer a varias toneladas de aborígenes.

Quemaron incienso y repartieron hostias y señalaron hacia arriba y hacia abajo.

Las fotografías eran inofensivas. El alma no podía ser capturada por los simples mortales. El alma era patrimonio exclusivo de Dios, el Gran Fotógrafo Primordial que retrató al hombre a su imagen y semejanza.

A nadie se le ocurrió pensar, claro, que el concepto de alma de los aborígenes podía llegar a ser diferente al concepto de alma de los sacerdotes.

En su modesta opinión, Forma cree que los aborígenes son quienes manejan la idea correcta. Forma cree que las fotos son peligrosas. Y no cree ser el único que piensa así.

Las fotos son peligrosas porque atrapan un fragmento de la realidad —o un rostro, o un paisaje, o un gesto— y lo muestran como es, sin atenuantes, NEGATIVO y POSITIVO, después de todo.

No es casual que parte importante en la obtención de una foto se llame REVELADO. Lo que revela —se sabe— ilumina. Y de la iluminación al manejo del alma hay —apenas— uno o dos pasos, que se utilizan para lograr un mejor encuadre y disparar.

Hace poco más de 150 años, la fotografía disparó a quemarropa sobre la legión de pintores retratistas. Se quedaron, pobres, todos sin trabajo y con los pinceles secos. De improviso, a nadie le interesaba hacerse pintar un retrato, pasar largas horas frente a la afilada espalda de un caballete.

Se inauguró sin demora la idea de lo instantáneo.

La gente se preparaba para ir al estudio de un fotógrafo como si se tratara de una cita importante, un té con la posteridad. Hoy, en cambio, nada cuesta menos que sacarse los zapatos o hundirse en la espuma de una bañadera y sonreír a miles de lectores hipnotizados por esta novedosa variante del horror y el cinismo.

La fotografía le robó el alma al arte posibilitando una nueva versión del fenómeno. Como resultaba imposible competir contra semejante monstruo, el arte cambió y comenzó a manejar conceptos abstractos.

El alma es un concepto abstracto. Eso dicen los que la vieron.

Quién sabe.

Forma está seguro de una cosa: las mejores fotografías son las que cuentan historias.

* La foto del Che Guevara muerto: Los ojos abiertos, la sonrisa última. El escritor John Berger la comparó —con justicia— a ciertos cuadros inolvidables: el *Cristo Muerto*, de Mantegna; *La Lección de Anatomía*, de Rembrandt. Toda la foto parece perfectamente consciente de que va a ser una foto famosa. Inexplicable de otro modo es la perfecta ubicación de quienes allí aparecen, de quienes van a quedar fijados para siempre en esa foto: un hombre de uniforme levanta la cabeza del muerto para que la reconozcan las primeras planas del mundo; otro militar señala el orificio de entrada de la bala, como si se tratara de un lugar invadido en un mapa de piel y sangre. Hay tres balas más en algún lugar de ese cuerpo; no se ven en la foto pero fueron disparadas como fotografías por el sargento Mario Terán, la mañana del 9 de octubre de 1967. El fotógrafo cobró apenas setenta y cinco dólares por todo el asunto y hasta hace poco jamás había recibido crédito alguno por su trabajo. La

agencia Reuter no vaciló en confundir el nombre y elevar al editor Hal Moore a la categoría de responsable único de la imagen. El fotógrafo sargento recuerda que el cadáver del Che Guevara había sido ubicado sobre dos piletones en la lavandería de un dispensario de Valle Grande. No pasa un día sin que alguien cubra de flores esos piletones, elevados hoy, tantos años después, a la categoría de santuario. "Tenía la impresión de estar fotografiando un Cristo. No parecía un cadáver. Era algo extraordinario. Tomé la foto con mucho cuidado, para mostrar así que no se trataba de un muerto cualquiera", recuerda el fotógrafo sargento.

* La foto de Dylan Thomas con el pasto hasta la cintura en un cementerio de Gales.

* La foto de Bob Dylan regando el pasto de su jardín.

* La foto en la tapa de una novela llamada *Walkman People*. El rostro sonriente de un joven mirando a cámara, el detalle inquietante de una gota de sangre corriendo nariz abajo hasta bendecir el labio superior de una sonrisa blanca como la nieve y dura como la noche.

* La foto de "Las Babas del Diablo". Las fotos de "Apocalipsis de Solentiname". Las fotos de Julio Cortázar en París. La foto de Julio Cortázar en Suiza, a los dos años (1916), la misma cara en todas las fotos a partir de entonces, hasta la última foto de Julio Cortázar.

* La foto que Cecil Beaton le sacó a Aldous Huxley. El escritor detrás de un lienzo casi transparente, asomándose por un tajo, mirando desde otro lado hacia aquí, con una tenue y casi ciega sonrisa en sus labios.

* La foto del Llanero Solitario. Del viejo Llanero Solitario fotografiado en su casa de Miami. Detrás del antifaz se encuentra —si se lo busca con cuidado y con dedicación— el actor Clayton Moore. Clayton Moore siempre se pone el

antifaz para las fotos, actitud que supo despertar las iras de The Wrather Corp., dueña oficial de la marca y la máscara. Juicio. Clayton Moore pierde y se le prohíbe vestirse de Llanero Solitario a partir de entonces. Seis años de apelaciones y tiroteos en los tribunales. Gana Clayton Moore. Foto de Clayton Moore vestido como Llanero Solitario en un condominio color pastel del estado de Florida.

* La foto de John Lennon firmándole un autógrafo a quien va a matarlo esa misma noche de New York.

* La foto que un amigo paparazzi le contó a Forma que había sacado. La foto que Forma y el resto del mundo nunca han visto. Su amigo le dijo que esa foto era impublicable y que era —al mismo tiempo— su condena y su seguro para la vejez. Su amigo le dijo que no podía vendérsela a nadie por cuestiones legales; que tenía que esperar que vinieran a comprársela para —enseguida— destruir el negativo y conseguir así la inexistencia y la libertad de una foto que jamás debió ser capturada. Forma le preguntó de quién y cómo era la foto. Después de mucho insistir, su amigo decidió contárselo, previa recitación de un complejo mecanismo de juramentos. Su amigo le explicó cómo la había conseguido; cómo se había arriesgado en los filos de un acantilado; cómo había sentido el flash de la adrenalina en el instante mismo en que presionaba el disparador. Su amigo le dijo que el negativo dormía ahora el sueño de los injustos en la caja de seguridad de un banco. Le dijo de quién era esa foto y en qué situación se encontraba el fotografiado. "Ah", dijo Forma, apenas disimulando un escalofrío. Y pidió otra cerveza, para él y su amigo, y cambiaron de tema y de foto.

* La paz en blanco y negro en las fotos de guerra de Robert Capa.

* Los muertos sobre el pavimento en las fotos de Weegee.

* Las fotos invisibles del funeral de algún paparazzi. A veces, algún paparazzi muere en acción. Lo pisa un auto, cae desde un balcón, es velado por un ataque cardíaco en el cuarto oscuro o frente al video de *La Ventana Indiscreta*. Sólo los paparazzi van al funeral de un paparazzi, las cámaras vacías en señal de respeto al caído. Nada más fácil de reconocer que el entierro de un paparazzi: nadie saca fotos en el funeral de un paparazzi.

* Las fotos de las novias en El Rosedal.

* La foto que sacó Walker Evans a la habitación donde entonces vivía y escribía John Cheever. El 633 de Hudson Street en el bajo Manhattan. Tres dólares a la semana, cuarto piso, año 1934. Los otros inquilinos eran marineros, trabajadores del puerto y prostitutas. Nunca comprendieron del todo a qué se dedicaba ese hombre de traje gris y camisa azul. La única ventana daba a ninguna parte y Cheever se ganaba la vida resumiendo allí novelas para los guionistas de la MGM. La foto en sí es tan deprimente y vacía —y al mismo tiempo tan llena de posibilidades— como sólo puede serlo la prehistoria de un gran escritor. Años más tarde, en Iowa —cuenta Scott Donaldson en la biografía que le dedicó—, Cheever desarrolló un programa que presentó con cierto nerviosismo a sus estudiantes durante su primera clase en el Workshop. Pidió a sus alumnos que, para empezar, llevaran un detallado diario de una semana de sus vidas: ropas, sueños, sentimientos y orgasmos. El segundo paso consistía en la escritura de un cuento donde siete personas o paisajes diferentes, que aparentemente no tuvieran nada que ver entre sí, se encontraran profundamente unidos por amor a una trama imposible de esquivar. La tercera etapa —y ésta era su parte favorita—

Trabajos manuales

ordenaba redactar una carta de amor como si estuviera escrita en un cuarto de un edificio en llamas. Este ejercicio nunca falla, sostenía Cheever, mientras recordaba aquella habitación lejana en el tiempo y la distancia, aquella foto de aquella habitación.

* La foto de James Dean hundiéndose en la ciénaga de su sweater. Esa foto imitada hasta el hartazgo por jóvenes actores norteamericanos, hundiéndose en la lana para ascender a los cielos. Esa foto utilizada en varias campañas publicitarias. Esa foto que hoy es postal, y que Forma —por una cuestión o por otra— nunca se atrevió a mandar, hasta que sea tal vez demasiado tarde. Esa foto donde se descubren los ojos de aquel que ya se sabe condenado a convertirse en poster y marca registrada. (Publicitarios y editores han descubierto que hay tres personas muertas cuyas fotos garantizan aumentos de ventas: Marilyn Monroe, Elvis Presley, James Dean.) Quién puede asegurar que sonríe o no bajo la mordaza de lana, sabiéndose muerto e inmortal al mismo tiempo. Para algunos, el talento actoral de James Dean es tan cuestionable como sus habilidades como conductor de automóviles. Tampoco es especialmente alentador el que su libro de cabecera se llamara *El Principito*. Aun así, esa foto se adelanta a todos los tiempos. Tan '60. Tan '70. Tan '80. Tan '90. Tan.

* Las fotos que construyeron el suicidio de Diane Arbus. Y las fotos de Robert Mapplethorpe en las paredes del Espiral Gugghenheim —5ta. Avenida—, mostrando el implacable avance de la enfermedad por un rostro cada vez más transparente, más ajeno a los encuadres y a las fáciles perversiones de este planeta.

* Las fotos que descubren los sueños secretos de un puñado de elegidos. Las fotos que vienen del pasado como montadas en un viento de magnesio.

* Las rancias fotos de muertos antiguos. Un fotógrafo las muestra en un programa de televisión. Rectángulos sepia con los ojos siempre cerrados. La gente sacaba fotos a los muertos, cuenta, para enviarlas al otro lado del océano. Para que todos aquellos que no podían llegar a los funerales vieran el cuerpo casi siempre vestido y sentado, las manos sobre el regazo. Para que creyeran en la muerte de ese muerto que nunca se habría dejado fotografiar así en vida.

* Las fotos del lado malo de Monty Clift.

* La foto del duque y la duquesa de Windsor revelada por Richard Avedon. La tristeza en esos cuatro ojos, la callada desesperación en blanco y negro por no haber sido.

* La foto de Truman Capote riendo, solo, en una mesa al fondo de El Morocco. Ese Truman Capote que todavía no escribió *Desayuno en Tiffany's*. Ese Truman Capote de smocking que no sabe que está siendo fotografiado, la boca abierta y casi desesperada y tal vez no riéndose, después de todo. Tal vez ese Truman Capote ya intuye en el metal de sus muelas que todos los comensales en las otras mesas algún día se van a reír de él. Se van a reír último y mejor. Tal vez Truman Capote esté gritando en la foto.

* Las fotos de ese perverso que les pedía a sus víctimas que saltaran en el momento en que todo se reduce a un click: Marilyn en el aire. Los Beatles en el aire. Oppenheimer en el aire. Richard Nixon cayendo.

* Las fotos del futuro inmediato que capturaba una cámara en un episodio antológico de *Dimensión Desconocida*.

* Las fotos de la gente que odia que le saquen fotos: rostros sufridos, cuerpos movidos como queriendo escapar de cuadro, salir de ahí antes de que sea tarde.

Trabajos manuales

* La foto de J. D. Salinger. Retrato con escritor acorralado. J. D. Salinger perseguido y capturado. El puño en alto y la mirada de quien ya no quiere var más fotos de J. D. Salinger y que —por odio a las fotos—llega a prohibirlas, mediante cláusula incuestionable, en las contratapas de sus libros en cualquier idioma, en cualquier país del mundo.

* Las fotos del planeta Tierra conteniendo la posibilidad de tantos millones de fotos.

Más de siglo y medio de almas robadas.

Una detrás de otra.

Demasiadas fotos.

En una historia que todavía nadie escribió —una historia verdadera, una verdadera historia, una historia digna de ser revelada— alguien debería contar el episodio sobre aquel aborigen persiguiendo a su fotógrafo a lo largo y ancho de cinco continentes y siete mares. El fotógrafo era un fotógrafo famoso y pertenecía al staff de una de esas revistas estilo *National Geographic*. El fotógrafo viajaba mucho. Viajaba en avión, en tren, en barco, en auto, y sacaba muchas fotos.

Sacar —ya lo dijo Forma— es el verbo.

El aborigen desalmado tardó algunos años en alcanzarlo para que le devolviera lo suyo. Pero una perfecta mañana de azules brillantes el aborigen le cortó la garganta al fotógrafo famoso en su estudio del SoHo. Buscó entonces entre los negativos, encontró su foto, la quemó en el piso, aspiró el humo de celuloide hasta llenarse los pulmones con su alma —de nuevo en el lugar justo, el lugar de donde nunca debería haber salido— y volvió con su alma aullando de felicidad, a su tierra, a su tribu.

Pueden pensar lo que quieran pero, para Forma —de

acuerdo, Forma es de esas personas que odian que les saquen o les arranquen fotos, Forma es de esos que se paran frente a una cámara como si se tratara de un pelotón de fusilamiento—, para Forma, esta historia es dueña del mejor de los finales felices.

Ahora muévanse un poco a la izquierda.
Levanten un poco más el libro.
Ahí.
No se desanimen que ya terminamos.
Usted, baje un poco más la cabeza.
La corbata del señor está torcida.
Ahí está.
No les va a doler nada.
Perfecto.
Sonrían.
Va foto.

La Forma de la Canción

Se sabe que la forma más antigua de canción conocida por el ser humano respondía al nombre de *shaduf*.

Si la suerte o la historia llevaban a alguien a las orillas del Nilo, algunas tardes se podía escuchar a los fabricantes de momias y a los constructores de Keops cantar sus penas con el mismo sentimiento que tantos siglos más tarde se mezclaría con los blues flotando corriente abajo en las aguas del Mississippi.

Lo que no se sabe —lo que ni siquiera los sumos sacerdotes se atreven a suponer— es la naturaleza exacta del lugar de donde vienen todas las canciones.

El escritor E.L. Doctorow —autor de *Ragtime*, perfecta novela de nombre y estructura musical— aventura: "Tal vez las primeras canciones fueron canciones de cuna. Tal vez las madres fueron las primeras cantantes. Tal vez aprendieron a aplacar las furias de sus hijos imitando los sonidos del agua en constante movimiento".

Una canción es un misterio, un misterio digno de ser cantado, y así el mundo se llena de canciones que fracasan en el intento de explicar el misterio pero que —en caída y derrotadas— se las arreglan para convertirse en grandes canciones. "Tower of Song" y "Hallelujah" de Leonard Cohen, "Mi Rock Perdido" de Andrés Calamaro (para quien las canciones "son soldados de un ejército invisible, partes rotas de un espejo nunca roto"), "New Sensations" de Lou Reed, "Denmark Street" y "The Merry Go Round" de Ray Davies son las primeras que ahora recuerda Forma.

O las canciones del dúo norteamericano They Might Be Giants, donde se demuestra hasta encandilar al oyente el proceso deconstructivista de una canción: la canción como crimen perfecto, la canción como una entidad química y físicamente analizable.

O las aparentemente cristalinas canciones fundacionales de Buddy Holly. Perfectas obras de orfebrería donde la voz se encima a la voz por primera vez y donde el cliché del amor como goma de mascar preanuncia el *Twin Peaks* de David Lynch. Canciones como "Well... All Right"; versos donde se le canta a la amenaza dulzona de permitir "que la gente se entere sobre esos deseos secretos que anhelas a la noche cuando las luces están bajas".

Hay muchas más, claro. Hay muchos más ejemplos válidos y quizá mejor afinados. Pero no hay espacio para cantarlos todos.

Una canción puede ser inspirada por un atardecer, por un rostro, por los fuegos de un sentimiento incontenible; pero —enseguida— la canción supera a la burda excusa que le dio origen y se convierte en otra cosa.

Algo es seguro: las mejores canciones son aquellas que, desprendiéndose de lo privado, crecen sin esfuerzo a historia universal. Forma piensa ahora en las canciones sardónicas de Randy Newman, en las canciones agridulces de Lyle Lovett, en las canciones bestiales de Warren Zevon, en las canciones apocalípticas de Graham Parker, en las canciones angélicas de Jonathan Richman. Piensa también en cuando Richman suena sardónico, o Zevon agridulce, o Newman angélico, o Lovett apocalíptico, o Parker bestial. Forma piensa en tantas canciones que no le alcanza el espacio para silbarlas todas.

Así, las mejores canciones son momentos que quedan congelados en el tiempo. Ligeras manifestaciones de lo eterno. Forma no se refiere aquí a ese virus tan omnipresente como pasajero conocido como el *hit del verano*, cuyo éxito es transparente y cuyo origen no es difícil de rastrear y descubrir acorralado en el cerebro de ciertos productores. Forma persigue en cambio esa melodía y esa letra que irrumpen en la vida de alguien y se resisten a dejarla incluso después del final —en ese momento en que una cláusula en el testamento exige la ejecución de esa canción, de esa canción que no sólo cambió una vida sino que, además, le dio música y una razón de ser.

En este sentido, resulta más que loable la tarea emprendida por Bob Dylan —clásico en vida y seguramente el músico popular más importante del siglo XX— cuando, en los últimos días del '92 y apenas habiendo superado un gigantesco concierto en su honor, editó *Good As I Been to You*. Un CD compuesto por trece canciones anónimas y tradicionales donde revelaba sin timidez alguna la profundidad de sus raíces, apenas acompañado —como en el principio de sus tiempos— por una guitarra acústica y su armónica.

El milagro se continuó al año siguiente, con la edición de *World Gone Wrong*. Diez canciones más y segunda estación en este periplo arqueológico que fue saludado por crítica y fans como una labor de amor a la vez que un gesto de inteligente humildad, a la hora en que ya nadie discute la trascendencia de su figura y de su voz de antiguo trovador.

En 1985, Bob Dylan había manifestado los planes y enseñado los planos para la excavación, cuando insinuó en una de sus contadas entrevistas: "Me gustaría hacer un álbum conceptual... un álbum de *covers*; pero no sé si la gente me permitiría salirme con la mía".

Aquel que ya había reformulado el riff ancestral de "La Bamba" a la hora de arrancar su "Like a Rolling Stone", continuó advirtiendo: "No hay regla que afirme que cada uno debe escribirse sus propias canciones. Yo escribo muchas canciones. ¿Y qué? Puedes agarrar una canción compuesta por otro y hacerla tuya. De vez en cuando hay que atreverse a cantar todas esas canciones que están ahí afuera".

Parte vital del desafiante atractivo de *World Gone Wrong* descansa en las notas aclaratorias del propio Dylan —tarea que no acometía desde *Desire*, en 1975—, en cuanto al pedigree de las canciones escogidas y las claves ocultas que él supo descubrir bajo el asfalto de los tiempos.

Así, "Delia" —protagonista de una larga saga rimada— no es "la Reina Gertrude, Elizabeth I o Evita Perón siquiera; no cabalga una Harley Davidson a lo largo de la carretera desértica; no necesita de un cambio de sangre & nunca sucumbirá a esa fiebre por salir de compras".

Sobre el final, Dylan adopta una vez más su conocida faceta de predicador ligeramente apocalíptico y —después de despotricar contra "el grunge celestial y la explosión del insano mundo del espectáculo en nuestros rostros"— condena y apunta: "La tecnología para arrasar con la verdad está ahora disponible. No todos pueden permitírsela, pero está disponible. ¡Tengan cuidado cuando el precio baje! Ya no habrá canciones como éstas; de hecho, ya no hay ninguna hoy".

Trabajos manuales

Lo que no es del todo cierto. Porque —soplando en el viento— la canción, la verdadera canción, sigue siendo la misma.

A Forma le gusta pensar que las canciones se tocan y se invitan a tomar el té entre ellas. Las buenas canciones —como precisa el melancólico Freedy Johnston— son "aquellas que hacen que una persona se pregunte qué ocurre con los personajes una vez que la canción ha terminado, adónde van, cómo seguirán sus vidas más allá del estribillo. Tal vez por eso yo no puedo evitar escribir una y otra vez canciones sobre un mismo personaje".

Cuando llega la hora de que las cenizas retornen a las cenizas y el polvo al polvo, la canción se las arregla para sobrevivir y acariciar el final de quien supo cantarla con la vieja dedicación de un shaduf perdido. Un shaduf hecho de pedazos de tormenta y de malditas sensaciones, que nos encuentra, siempre nos encuentra, y que suena más o menos exactamente así.

Escuchen.

La Forma de la Radio

A veces, al final de la trasnoche televisiva —*Klaatu Barada Nikto* y *E.T. Phone Home* y todas esas estupideces que los hombres de este planeta supieron poner en boca de extraterrestres cuando se trató de llenar cines y de paralizar la tierra—, la luz del amanecer adopta el mismo gris de la pantalla que ha dejado de transmitir.

Gris de terrible nevada, que no hace más que certificar la soledad junto a esa botella de Jack Daniel's cada vez más vacía, llenando la tristeza de ya no ser. De saberse fuera de todas las cosas. De haber perdido el último tren a cualquier destino más o menos noble.

En esta historia Forma viene de muy lejos y Forma es la avanzada de sus hermanos y —de acuerdo— Forma no escuchó la radio aquella víspera de Todos los Santos. No tenía por qué escucharla, después de todo.

No escuchó, aquella noche de 1938, a una voz que interrumpía la falsa transmisión de un baile en el falso hotel Park Plaza de New Jersey orquestado por los imposibles Ramón Roquello y el *crooner* Bobby Milette.

Forma no escuchó la voz que mintió en todas las radios aquello de: "Señoras y señores, interrumpimos nuestro programa de música bailable para ofrecerles un boletín oficial de la Agencia Intercontinental". Eso de: "Señoras y señores, es lo más horrible que he visto en mi vida... Es tan repugnante que apenas si puedo seguir mirándolo". Eso de: "Damas y caballeros, tengo que anunciarles una grave noticia. Por increíble que parezca, tanto las observaciones científicas como la palpable realidad material nos obligan a creer que los extraños seres que han aterrizado esta noche en una zona rural de New Jersey son la vanguardia de un ejército invasor procedente del planeta Marte".

Nos obligan a creer...

Ya saben: el maldito Orson Welles y su maldito Mercury Theatre radial y el justo pánico radial de los oyentes.

Doscientos mil dólares en demandas, abortos, piernas rotas, gente corriendo por las calles porque el día del Juicio Final estaba en el aire. O en el éter por el que llegaban "criaturas grandes como osos y de tentáculos relucientes como el charol, con bocas sin labios en forma de V, que vibran y dejan caer un líquido semejante a la saliva". Aberraciones que contaban "con mortales rayos térmicos y un conocimiento científico muy superior al nuestro".

Todo era mentira, claro, a excepción quizá del conocimiento científico superior al de los terrestres que tenían esas criaturas.

Forma no trajo rayos térmicos en sus valijas, y su aspecto era similar al de cualquier joven de este planeta. Son todos iguales en el universo. La única diferencia es que algunos empiezan antes, y corren con alguna ventaja que —con el correr de los milenios— se convierte en la terrible ingenuidad de pensar que todo va a salir bien. Así, al poco tiempo se cae en el error de convencerse de que el azar es una triste forma de superstición primitiva, que todos los finales van a ser necesariamente felices. Se descarta la magia y con ella se cree escapar de la sabiduría primal, del puro instinto.

Forma no escuchó la radio esa noche. Probó, sí, el whisky terrestre por primera vez, y se dejó dormir en el generoso abrazo de las piernas de una chica llamada Louisa Marie.

Y por eso, al día siguiente, llegó tarde al sitio elegido para el aterrizaje.

Por eso llegó demasiado tarde.

Al día siguiente de la broma radial de Orson Welles, la nave de sus hermanos aterrizó en New Jersey, se posó en el centro mismo del mediodía, en las afueras de un pequeño pueblo llamado Sad Songs.

Forma y sus hermanos traían la verdad. Las soluciones a tantos males de este mundo.

Forma y sus hermanos eran los portadores de las Buenas Noticias.

Pero nadie les creyó. Los recibieron con piedras e insultos. Los acusaron con gritos indignados por la perpetuación de semejante falsedad.

Sus hermanos se fueron para no volver, y la ubicación de este planeta fue borrada para siempre del Gran Mapa. Sus hermanos no volvieron para destruir a este mundo de seres violentos. Apenas decidieron condenarlo al olvido, ese lugar sin cerradura del que nunca se vuelve y al que ya nunca se irá.

Maldito sea Orson Welles.

Maldito fue. Su vida sucumbió ante el peso de su propia leyenda, al igual que cedieron los cimientos de la existencia de Forma aquella mañana sobre el césped quemado y todavía caliente de los prados de Sad Songs.

Ahí está, todavía, un perfecto círculo donde nada crece salvo el rencor extraterrestre de Forma y el recuerdo de Louisa Marie, a quien nunca volvió a ver.

Ahora, sus días se aproximan a esa última y eterna noche.

Forma ya no intenta convencer a los de aquí que ha contemplado cosas que el hombre nunca ha visto; se resigna a la imposibilidad de construir un transmisor que lo acerque a sus hermanos. Un artefacto de metal y disculpas que los obligue a venir a buscarlo, para así poder morir en las playas rojas y subterráneas del planeta donde nació.

Entretanto, Forma mira películas de extraterrestres por televisión.

Los ve descender de patéticos efectos especiales para desatar armagedones y tormentas de rayos y —en raras ocasiones— proclamas siempre ineficaces de paz universal.

Así es: la soberbia de los hombres todavía los hace sentirse dignos de ser destruidos o iluminados. La estupidez de los hombres los obliga a creer en estas falsedades, en una o dos o tres dimensiones, y a negar la benéfica realidad de Forma y sus hermanos.

Forma piensa en todo esto. Piensa en su historia como la pésima sinopsis que nadie —ningún pequeño monstruo hollywoodense con *laptop* o *powerbook* creciéndole en las rodillas— convertirá en guión digno de ser filmado.

Algunas noches se despierta como golpeado por el eco de un relámpago y entonces —tropezando con paredes y puertas— se planta bajo el tejado de la noche y grita aquello de: "He visto cosas que ustedes nunca han visto... Naves de combate en llamas en los hombros de Orión... rayos marinos resplandeciendo en la oscuridad junto a los Portales de Tannhauser... Todos esos momentos se perderán en el tiempo... como lágrimas en la lluvia".

Rodrigo Fresán

Entonces Forma mastica el vidrio de otro whisky y deja que ese líquido calor lo cubra y lo duerma. Se rinde al alcohol para que le apague el llanto desesperado de aquel que por aquí conocen como "el viejo loco"; para que pase un nuevo día —un día más, un día menos— y, con la oscuridad, lleguen puntuales las viejas películas, y la certeza de una invasión que nunca será.

La Forma de la Televisión

Forma había leído en alguna parte que Elvis vació su revólver contra un televisor. Recuerda haber sonreído cuando lo leyó, porque para entonces él había alcanzado —con cierto comprensible orgullo, con algo de secreta dignidad— la edad en que ya no tenía sentido alguno comprarse un televisor.

De algún modo, Forma se las había arreglado para desertar, en la edad adulta, de ese ejército de personas mirando hacia adelante en silencio. La mano veloz sobre el control remoto. Las pupilas reflejando la curva del rating. El eco de los colores tiñéndoles apenas la piel del rostro como uno de esos tatuajes de cabotaje, que se dicen inofensivos pero que terminan por trascender la piel y quedarse a vivir adentro: en ese lugar donde ya nada puede ser lavado o removido.

Por las noches —la hora de mayor encendido, la hora en que el mismo aire parece transpirar estática de fogatas eléctricas—, Forma se dedica a cualquier otra cosa. A conjugar el verbo *mirar* en diferentes idiomas, incluyendo el esperanto y el swahili.

A imaginar que mira cualquier cosa, menos la televisión.

Diálogos en restaurantes, por ejemplo. Uno de sus escritores favoritos gustaba de los restaurantes pequeños, porque las mesas estaban más juntas y se podía escuchar mejor a los otros comensales.

La otra noche, por ejemplo. Una pareja joven en la mesa de al lado. El hombre acaricia la mano de la mujer. La mujer sonríe. Se miran a los ojos.

—¿Sabés por qué me gusta alquilar películas filmadas antes de 1950? —pregunta él.

—Porque el radio para las películas de entonces tenía aproximadamente el mismo ancho y la misma altura que una pantalla de televisión promedio de hoy. Así, nada se pierde en el formato video, a diferencia de lo que ocurre con las películas filmadas para pantalla ancha —contesta ella con la más dulce de las voces.

—Ya te lo había contado... —se sorprende él.

—Cada vez que alquilamos un video —sonríe ella.

—Te amo.

—Te amo.

La idea de la televisión como parte de la discusión amorosa le produce a Forma una ligera inquietud. No es que Forma no haya amado nunca a una mujer. Por el contrario, a menudo es considerado atractivo por las mujeres. Pero, en una oportunidad, minutos después de haber hecho el amor, una de sus antiguas novias le preguntó dónde estaba el televisor. "No puedo dormirme si no veo un poco de televisión", gimió ella. Forma le dijo que probablemente ya no hubiera nada en el aire, que ya era muy tarde, y no pudo evitar el recuerdo del terror infantil que lo asaltaba entonces, hace muchos años, cuando se llegaba al fin de la programación y se escuchaba música clásica —Bach, por lo general— y aparecía en la pantalla el rostro de un sacerdote de voz lenta y pupilas extraviadas hablando sobre el demonio y la importancia de, por ejemplo, no comer carne durante las celebraciones de Semana Santa. En Semana Santa, Forma no tenía que ir al colegio y sus padres le dejaban ver televisión hasta tarde. Entonces el sacerdote desaparecía fundiéndose con el rostro sufrido de Jesús y entonces llegaba la nieve blanca y negra y gris.

El color del fin del mundo, pensaba entonces Forma, es el color de un televisor encendido que ya no tiene nada para ofrecer.

Un día su padre desapareció y su madre se quedó sentada. Frente al televisor ciego, como si no quisiera perder la posibilidad de que su marido fuera a aparecer en algún momento saludándola desde la pantalla, explicándole por qué se había ido para no volver. Su madre habría sido feliz ahora que hay cable, piensa Forma. Muchos más canales donde buscar una explicación para la fuga y la desaparición.

Forma lee un libro y recuerda las palabras de su abuela. Las palabras de su abuela, casi como en un eco de las páginas de un libro escrito por un descendiente de mormones. Algo referente a que la televisión —mirar televisión— es una pérdida de tiempo. A que cada hora que una persona malgasta frente a la pupila de los rayos catódicos es un desperdicio insalvable, un espacio en blanco en la vida del universo y en la historia del espectador. Esa historia que tarde o temprano deberá justificar ante el tribunal de Dios.

El veredicto y la condena a la que son sometidas esas personas que no pueden dejar de mirar televisión —decir *ver televisión* siempre le pareció a Forma una suerte de blasfemia— es una y es inapelable: una vida malgastada frente al televisor ni siquiera es digna de ser juzgada. Una vida frente al televisor está más allá de los intereses de Dios. Semejante existencia está resignada a ser vivida una y otra vez, frente al televisor, como esas series que las emisoras no dejan de repetir, en cualquier orden y a cualquier hora.

Y es aquí —estimados televidentes— donde se arriba a "esa quinta dimensión más allá de todo lo que el hombre conoce. Una dimensión tan vasta como el espacio y tan atemporal como el infinito. Esta es una dimensión de la imaginación. Un área a la que llamamos... La Dimensión Desconocida".

Así es, ésta es la música inconfundible y ésta es la voz y esto es lo que acaba de decir el hombre de traje impecable mirando a cámara. Mirando a quien lo mira en la pantalla de televisión. Mirando a quien lo mira desde el televisor del departamento de enfrente.

Rod Serling, el atildado anfitrión de *La Dimensión Desconocida*. Son muchos los disfraces del demonio, y Forma —que hasta ahora se supo puro y ajeno— no puede sino sucumbir a semejante tentación. Forma no puede evitar sentarse frente a su ventana de trasnoche e intentar seguir, desde el otro lado del pulmón del edificio, las historias que siempre duran media hora, que siempre encierran una moraleja, que siempre culminan con una perfecta vuelta de tuerca y que siempre dejan a Forma esperando la próxima trasnoche.

Forma vuelve a recordar su infancia. Recuerda cómo cada episodio le producía una perfecta e irrepetible mezcla de terror, admiración y regocijo. La sensación de hundirse en un pozo de aguas oscuras cada vez que aparecía Rod Serling en la pantalla del televisor, para presentar la historia con una sonrisa incómoda por lo que vendría. La presencia de Rod Serling en sus sueños durante varios meses, anunciando sus pesadillas como si se tratara de episodios perfectamente narrados de *La Dimensión Desconocida*.

Ahora Forma redescubre asombrado que alguna vez —mucho tiempo atrás— se contaron verdaderas historias por televisión, y no meros fragmentos diseñados para llenar el espacio vacío entre los comerciales. Forma comprende que ha cometido el imperdonable pecado de olvidarlo.

Con el paso de las semanas mira y entiende que la pareja dueña del televisor de enfrente no se lleva del todo bien. Al hombre le gusta *La Dimensión Desconocida*; a la mujer no. Forma mira todo esto como si se tratara de un nuevo televisor enmarcado por la ventana. Un gran televisor con un pequeño televisor adentro.

Una noche el hombre y la mujer discuten dentro del televisor grande. En el televisor chico, un hombre acaba de liberar al demonio sin darse cuenta; o una mujer hermosa es marginada en una sociedad de monstruos; o una vieja peligrosa persigue y aniquila a minúsculos extraterrestres provenientes de un planeta llamado Tierra. El hombre y la mujer discuten sobre la más importante de todas las cuestiones, discuten acerca de lo que hay que *ver*.

La mujer prefiere esos programas donde alguien grita, donde alguien llora, donde alguien gana algo, donde alguien saluda a su madre y a todos los que la conocen con la perturbadora seguridad de que todas las personas que la conocen la están mirando. El hombre no.

Entonces el hombre decide apagarla. Apagar a la mujer. Un golpe seco en la base de la nuca mientras ella está distraída, intentando responder correctamente a una pregunta estilo *Qué ilumina más: ¿el sol o la luna?*

Forma lo ha visto todo desde enfrente, desde el otro lado dé las cosas, desde el lado de afuera. Lo ha visto todo. En el televisor grande. Como si fuera un episodio de *La Dimensión Desconocida*, contempla ahora a su vecino. Forma mira cómo el hombre corta prolijamente a su mujer y la distribuye en bolsas negras. Sigue mirando y se promete no decir nada. No contárselo a nadie. Ni siquiera cuando el espíritu inmortal de su abuela se lo exija. Ni siquiera cuando Dios lo obligue a confesarle en qué malgastó todas esas horas allá abajo y lo condene a volver a mirarlas. Ni siquiera aunque Dios sea —cosa que a Forma se le ocurre como altamente probable— idéntico a Rod Serling.

Forma no va a decir nada.

Forma va a seguir ahí.

Mirando.

Muy cerca de la zona crepuscular, en el centro mismo de la dimensión desconocida.

La Forma del Teléfono

Hubo un tiempo en que el mundo era un lugar mejor y se podía recorrer toda la comarca sin cruzarse con pastores celulares ni escuchar el terrible reclamo de teléfonos rompiendo la perfección del soundtrack original de la naturaleza.

Entonces, una tarde del 10 de marzo de 1876, Alexander Graham Bell hizo el primer llamado telefónico y le dijo a su ayudante —que esperaba en otra habitación del 5 Exeter Place, Boston— aquella inocurrencia: "Mr. Watson, venga aquí, lo necesito".

Fue en ese terrible instante —por más que las Sagradas Escrituras no lo reconozcan, quizá por piedad, quizá por ignorancia— cuando el hombre volvió a ser expulsado del Paraíso. Nada le cuesta pensar a Forma que Eva fue originalmente seducida por un teléfono y no por una serpiente.

A partir de aquel día, y del mismo modo en que la liberación del átomo multiplicó la posibilidad de mutaciones ad infinitum, el solo sonido del *ring* generó terribles aberraciones, cuyo número fue creciendo con el paso de las décadas y la complejidad creciente de los cables tejiendo un asfixiante sweater para ese cuerpo eléctrico al que Whitman supo cantarle sus mejores versos.

El mundo —desde entonces— bien puede dividirse entre los que disfrutan hablando por teléfono y los que detestan al aparato con sólo verlo; así como las mujeres se dividen entre aquellas que, cuando suena el teléfono, interrumpen el acto sexual para atenderlo y aquellas que gozan tanto hablando por teléfono como con el acto sexual, pero que jamás postergarían la primera de estas actividades en función de la segunda.

Sí, los teléfonos también son aborrecibles porque multiplican al hombre y lo hacen presente en cualquier lugar del planeta en cuestión de segundos. Atrás, lejos, quedó la agradecible barrera natural del tiempo y del espacio, imponiendo límites al entusiasmo por lo instantáneo. Antes, si se deseaba hablar con alguien había que ir a *verlo*. O *escribir* una carta. Antes, había que realizar una acción previamente meditada. Ahora no. La gente se abalanza sobre el teléfono con el mismo entusiasmo con que un junkie salta sobre su dosis: se marca un número y el maldito aparato suena entonces al otro lado —no importa la distancia—, y la locura, o la inconciencia, o la mala educación del teléfono se meten a patadas en los santuarios, como un invitado no deseado.

Mírenlos. O mejor aún, óiganlos. Aquí vienen desfilando por la avenida principal de la paciencia:

* El que necesita de varios llamados sucesivos para comunicar una idea.

* El que tarda quince minutos para comunicar una idea

y estiiiiiiiraaaaa laaaaas vooocaaaleees cuando habla.

* El que grita porque está lejos y secretamente desconfía del correcto funcionamiento del aparato.

* El que "no tenía nada que hacer entonces te llamé".

* El que marca desde la calle sólo para que sepas que está haciendo uso de su imbécil celular.

* El que habla haciendo gestos y se enoja porque no entienden lo que quiso decir.

* El que cuenta la misma historia de siempre.

* El "vos no me conocés pero X me dio tu número y tengo este apasionante proyecto".

* El entusiasta que recrimina a su interlocutor por estar en casa tranquilo y —ruido de fondo: vasos y besos y risas— lo invita a unirse a la mejor fiesta del siglo.

* El que se equivocó al marcar y echa la culpa al que atiende.

* El que se equivocó al marcar y aun así insiste en saber todo sobre el lugar adonde llamó por error.

* El que habla por teléfono durante media hora con la persona que estuvo hasta hace cinco minutos.

* El que habla durante media hora con la persona con la que va a estar dentro de cinco minutos.

* El que llama para que le cuenten algo "pero que sea divertido, ¿eh?".

Y la lista y las variaciones continúan.

Más allá —del otro lado del auricular— siempre hay monstruos, el terror de una conversación ajena llenando el oído. La línea se liga y se oye sin querer el secreto, la estupidez, el misterio, el ínfimo fragmento de una gran historia o de una historia estúpida, en cualquier caso.

De ahí la traicionera necesidad de un contestador automático, y toda esa nueva y fértil faceta del ser telefónico que trae consigo tal máquina. Porque la instalación de un contestador automático significa varias cosas.

La primera —la obvia— es la gratificación de saber a quién se tuvo la suerte de no atender.

La segunda —la más útil, en realidad— gira alrededor de la innegable ventaja de instalar un filtro en la vida. De estar ahí, saber quién está llamando y tener la posibilidad de negársele, mientras —sonriendo en la oscuridad— se lo escucha hablar con una máquina que lo atiende y lo graba pero no le responde.

La tercera —la más preocupante— permite a un número creciente de desequilibrados convencerse de que grabar el mensaje de recepción del aparato es un acto trascendente y digno de ingenio. Así, pretenden elevar lo meramente funcional a la categoría de disciplina artística alternativa y se dedican a cosas tales como cambiar la música de fondo del mensaje todas las semanas, suponiendo que el contestador telefónico es parte inseparable de su cambiante personalidad. Dí el mensaje que grabas en tu contestador telefónico y te diré cómo eres.

Cuando alguien se encuentra en la difícil y frágil posición de tener que hablarle a una máquina, la situación se complica aún más. Ese alguien pasa a ser parte del sistema y del fantasma en la máquina: se ve obligado a dejar el más breve y conciso de los monólogos, la información en estado puro. Es entonces cuando se comprueba de una vez por todas lo innecesario de esas largas e inconducentes conversaciones telefónicas que giran en el vacío de las líneas y que no conducen a ningún lado.

El contestador automático es —finalmente— una suerte de sintetizador. Un artefacto que pone en evidencia un poder de síntesis raramente utilizado y que obliga a asumir una actitud de perfecta eficiencia, por más que —como Paul Westerberg se pregunta con furia apenas contenida en "Answering Machine"— *¿cómo decirle buenas noches a un contestador telefónico?*

Lo de antes, lo de siempre: los teléfonos son animales peligrosos. Y el suplemento vitamínico de un contestador automático los vuelve impredecibles e ingobernables. En este sentido, abundan las historias de terror: el mensaje vengativo de la amante diseñado para los oídos de la esposa engañada; la voz que marcó número equivocado y pide, a los gritos: "Una ambulancia... urgente"; el hombre que le grita a una máquina: "Cuando te encuentre te voy a matar"; la voz que conversa con un contestador porque ya no necesita interlocutor real en su monólogo; y —verdadera historia de fantasmas, los fantasmas existen después de todo— la voz del amigo diciendo que sale para acá, para no llegar nunca, para morir por el camino.

El teléfono es un artefacto del espanto y el contestador automático es una mordaza a larga distancia. Sí, son muchas las personas que todavía se niegan a hablar con una máquina y cortan sin decir palabra, temiendo quizá que la máquina les robe una parte de su alma y de su voz. Y entonces —¡Hamlet, venganza!—: ¿Quién habrá sido? ¿Será algo importante? ¿Habré perdido la oportunidad de mi vida?

Atender o no atender, ésa es la cuestión, piensa Forma.

A veces, sin embargo, se produce la incomprensible necesidad de recibir una llamada por teléfono, la compulsión por que alguien llame en el momento exacto en que se vuelve a casa y se descubre que el contestador automático no tiene nada para ofrecer. Sentirse fuera del mundo: esta situación produce algo de inquietud, un poco de temor. Pero no es grave. Forma conoce el sistema infalible para que el teléfono suene sin demora, para que alguno de los ejemplos ya mencionados entre en nuestras vidas:

Alcanza con abrir un buen libro, o empezar a ver una buena película, o prepararse para comer aquello que se estuvo cocinando durante un par de horas.

Dos o tres minutos —cinco como máximo— y el teléfono suena, y se suena con el teléfono.

Sería tan ingenuo como idiota discutir los beneficios y los avances que ha aportado a la humanidad el aparato en cuestión. Se han salvado vidas, se han iniciado romances, se han resuelto crímenes y algunos hasta han visto aumentadas sus fortunas por el simple hecho de haber conseguido ser atendidos en el momento preciso en alguno de esos terribles programas de entretenimientos.

Nada de esto disminuye, sin embargo, el poder del monstruo bailando la terrible danza de los pulsos, ahí, sobre la mesa, o adosado a la pared, o circulando por la casa inalámbricamente. Cuando se oye su ruego de sirena, se mira el reloj, se piensa temblando en quién puede llamar a esta hora de la madrugada y se decide no atender, claro. Se opta por seguir soñando con el escondido cementerio donde van a morir todas las guías telefónicas. Pero los motores del espanto ya se han encendido y el bosquejo de una mala noticia ya ha sido implantado en los pensamientos.

Los cerebros de Hollywood desarrollan y perfeccionan, con cada minuto que pasa, nuevos ingenios y efectos destinados a estimular el pulso de adrenalina, sabiendo —en algún lado de sus corazones— que no hay maniobra más aterrorizante para el ser humano que el llamado de un teléfono. Y, si es el de los teléfonos viejos, el de los pesados teléfonos negros que se oyen hasta en el último zócalo de la casa, mejor. Un viejo teléfono negro, sonando en los dobles fondos de la noche.

Conteniendo la respiración, se levanta el tubo con los ojos cerrados, anticipando el llanto o el grito. Se apoya el miedo contra el auricular, sabiendo que, sí, esta noche alguien pronunciará el verdadero nombre de Dios al otro lado y que su implacable dulzura será lo último a oír en la vida.

Entonces se oye esa voz, como si estuviera junto a uno. Se escucha esa voz que, sin siquiera identificarse, pronuncia apenas una palabra, una palabra terrible, de la que ya no hay retorno.

¿Dormías?, dice la voz.

La Forma del Cine

Voces.

La noche siempre se llena de voces al otro lado de la pared, y Forma no puede evitar preguntarse —ahora, cuando ya es demasiado tarde— cuántas historias terribles leyó. Historias donde un hombre solo intentaba descifrar conversaciones ajenas, como suspiros y jadeos apenas audibles dentro de una coraza de cemento. Historias donde un hombre solo se hundía, escuchando lo que no debía, en los abismos de una locura sin manual de instrucciones.

Era un departamento de un ambiente.

Un ambiente en un edificio desocupado, donde ya nadie quería vivir.

En seis meses, le contaron a Forma, iban a demolerlo entero para construir un shopping-center. Luces sobre tanta sombra y cariátide gris después de casi un siglo.

Al mismo tiempo —y con la soberbia de quien reconoce a un desesperado, dispuesto a aceptar cualquier cosa— le advirtieron a Forma acerca de las voces. La pared norte del departamento limitaba con un viejo cine. La pared norte de su departamento, le precisaron, es parte y espalda de la pantalla del viejo cine.

Trabajos manuales

Películas de culto. Clásicos. Figuras y paisajes en inolvidable blanco y negro, filtrándose por los poros de la pared como una lluvia nutriendo el piso siempre sediento de un desierto.

Forma dijo que no le importaba. Que siempre le habían gustado las películas viejas. Esos films que funcionan mejor de noche, con las luces apagadas y un vaso frío en la zarpa izquierda y los ojos clavados ahí adelante, como quien se concentra en la doma de una carretera ignota pero definitiva.

Además —explicó Forma sin que nadie se lo pidiera—, él trabajaba en el último turno. A lo sumo llegaría al departamento a la altura del último rollo de la función final: durante los últimos minutos de magia, cuando suben los títulos y la banda sonora parece música compuesta al mismo tiempo que la partitura secreta del universo.

Así era como Forma llegaba cada noche y se derretía sobre una cama siempre deshecha, mientras al otro lado una pareja de amantes se despedía junto a un último avión. O mientras nevaba sin cesar sobre la carrera desesperada de un hombre que no creía en los ángeles y que lo había perdido todo. O en el instante en que alguien vaciaba un revólver sobre el cuerpo ligero de una rubia fatal que se lo tenía bien merecido.

Una madrugada lo despertaron las voces.

Sonaban más claras que nunca, y no, no podían provenir del cine, del otro lado, porque quién podía estar viendo una película a esa hora en que regían sólo los televisores, la dictadura de los canales de noticias codificadas donde la posibilidad del Armagedón ni siquiera era interrumpida por mensajes comerciales.

Forma no demoró demasiado en identificar la película.

Casablanca, sonrió Forma en la oscuridad. *Louis, creo que éste es el principio de una hermosa amistad*, decía Rick. Entonces crecieron los acordes de *La Marsellesa* y fue entonces cuando Forma no pudo evitar el miedo.

La película seguía.

La película se negaba a terminar.

Forma escuchó sin poder creerlo un diálogo entre Renault y Rick que no había oído jamás, que no aparecía en ningún lado. Tuvo la certeza y el secreto orgullo de que él era el primero en oírlas. Renault y Rick en el fuerte de Brazzaville, celebrando la llegada de los aliados y la fuga sinuosa de los nazis, serpientes en la arena.

La noche siguiente Forma oyó claramente, esta vez con acentos sureños, la reconstrucción de Tara y el reencuentro demorado de Rhett y Scarlett.

Y después...

Las películas seguían con el cine cerrado y las luces apagadas y las butacas vacías y los proyectores muertos.

Forma pensó en contárselo a alguien. Cuando descubrió que no tenía a quién, supo lo que tenía que hacer.

Esperó, noche tras noche, su película favorita. Esperó con la tranquilidad de que la espera sería casi tan hermosa como el alcance del objetivo mismo. Escuchó con la pasión de un hombre religioso al que le ha sido revelada la definitiva naturaleza de su Dios.

Las películas nunca terminaban. Se prolongaban en el tiempo conversando unas con otras.

Harry Lime perseguido por un joven Sam Spade en el mapa corregido con bombas de una ciudad llamada Viena; la lluvia santa de Gene Kelly comulgando con la lluvia hereje del cazador Robert Mitchum hundiéndose en el pantano de sus pensamientos oscuros.

Una noche la sintió llegar.

Su película favorita, después de todo.

Forma recitó los últimos tramos del diálogo y el monólogo final de un periodista poco eficiente, recitando la justificación de su fracaso como quien ofrece la mejor de las plegarias de cara a la Meca.

Forma comenzó a golpear la pared con todas sus fuerzas. Pico y pala especialmente comprados esa misma tarde. Una bofetada de aire caliente le azotó el rostro, pero no importaba, siguió golpeando entre mosquitos extranjeros mientras escuchaba el latido creciente de una construcción portentosa.

Entonces fueron otra vez la palabra y el nombre.

Intuyó el largo *travelling* volando sobre las pertenencias de un hombre tan grande e incomprensible como su palacio incompleto.

Apuró los golpes hasta que se sintió succionado por la potencia blanca y negra de la pantalla. Y se dejó llevar, flotando, hasta ese objeto coronando un sinsentido de objetos frente a un horno abierto.

Entonces Forma abrazó el trineo antes que lo devoraran las llamas, como se abraza un salvavidas, y gritó a los periodistas en retirada:

¡Rosebud es el trineo, idiotas!, gritó.

Y la película continuó.

Y Forma supo que él iba a continuar con la película.

LA FORMA DEL PAISAJE

Cualquier paisaje es una condición del espíritu.

HENRI-FREDERIC AMIEL

La Forma del Shopping-Center

Hay una variación en la textura del aire, una diferencia casi eléctrica en la tarde, que confirma la cercanía del shopping-center.

Lo sutil del síntoma pronto se torna contundente y explícito hasta el exceso: autos en doble fila, adolescentes en doble fila, lentas caravanas que se aproximan a destino en doble fila y ahí, al final, el tótem, la catedral y el credo. Todo en uno, y esta religión no promete el paraíso para después.

El paraíso está aquí.

Fin de milenio.

La vuelta del lobo a la hora del perro.

Una hora dentro de un shopping-center no dura lo mismo que una hora en cualquier otro lado.

Dura más. O menos.

En cualquier caso, puede transcurrir como un lento parpadear o arrastrarse con vértigo de tortuga. Aquí adentro se hace fácil entender la Teoría de la Relatividad y la memoria se agiliza porque cada vidriera recuerda a algo o a alguien.

El film *True Stories* del talking head David Byrne transcurre dentro de un centro comercial norteamericano. No demora en aparecer un cartel en mayúsculas letras blancas sobre fondo negro donde podemos leer SHOPPING IS A FEELING (salir de compras es un sentimiento). ¿Es un buen sentimiento? Byrne asegura que sí y defiende la estética de una ciudad creciendo alrededor de un centro comercial. "¿Qué hora es?", se pregunta Byrne mientras pasea sus pasillos. "Hora de no mirar atrás", se contesta.

En la canción "Down in the Mall", Warren Zevon desarrolla el concepto compulsivo, en el estribillo de una de las más eficaces y ominosas odas al consumismo: "Hay un nuevo shopping center de siete pisos de altura / Habrá una o dos liquidaciones, algo que podamos comprar / Hay cuatro niveles para estacionar, seguro que encontraremos sitio / Gastaremos todo el dinero que no se lleva el gobierno / Allí en el mall / Seré tu hombre / Iremos de compras, nena / Es algo que podemos soportar / Allá en el mall / estaremos bien / De lunes a sábado / Hasta las nueve de la noche".

La formidable hermana menor de Forma —su mejor amiga, más allá de su comportamiento algo desquiciado en lugares públicos— aseguraba que nada le causaba más espanto que la mirada bovina marcada en los párpados de aquellos que sonambulan por las escaleras mecánicas de aquí y allá. Hoy, Forma comprueba que su hermanita tenía razón.

En los shopping-centers la gente parece perder todo criterio selectivo: sencillamente se detienen frente a todas y cada una de las vidrieras, como quien lee un libro largo. Forma pasa frente a una familia tipo —padre, madre, hermana, hermano— que contempla abstraída una pirámide de videos vírgenes. El mismo paisaje al aire libre, en la calle, les sería indiferente. Aquí les resulta fascinante y ellos le resultan fascinantes a Forma, una persona que apela a la manía referencial para escapar a la hipnosis colectiva.

Otro misterio atendible: los cines de los shopping-centers siempre están llenos, ofrezcan lo que ofrezcan sus carteleras. Lo importante es ir al cine del shopping-center. De ser posible, después de comer en el shopping-center. La gente que los llena habla en voz alta a lo largo y ancho de la proyección de la película. Es obvio que todos ellos son orgullosos poseedores de videocassetteras; por eso se han acostumbrado a comentar en voz alta hechos tan disímiles como la predecible redención de Julia Roberts en *Pretty Woman* o la epifanía hecha discurso de *Henry V* en la madrugada llovida del día de San Crispín en Agincourt, Francia. Forma se acuerda entonces de la escena de la seducción en el centro comercial, en *Doble de Cuerpo*. Del Santa Claus ladrón de bancos en *El Socio del Silencio*. De Woody Allen & Bette Midler discutiendo por los pasillos de otro centro comercial. De *Avalon*, donde se explica claramente la importancia sociológica del *department-store*, antepasado directo del shopping.

A Forma le gusta imaginar que, mientras él asiste a la ilusión de un film, cientos de personas ahí afuera del cine sucumben ante el espejismo de la disponibilidad total. Se mueven como alguna vez alguien se movió frente a los cuadros inalcanzables de un museo, con la diferencia de que aquí todo puede ser poseído.

Ya. Ahora mismo. Sin dudar.

De ahí que en un shopping-center sean contadas las personas que paguen en efectivo. Las masas prefieren la velocidad limpia de la tarjeta de crédito, el vértigo del plástico proponiendo una nueva ilusión dentro de la gran ilusión: gastar el dinero que no se tiene en el bolsillo, consumir más de lo que se debe.

Los shopping-centers producen adicción: a Forma le han hablado —en susurros conspirativos— de una clínica exclusiva y secreta que se dedica a curar a los que no pueden alejarse de sus escaleras mecánicas. Los llevan al campo, los encierran en habitaciones blancas, los dejan gritar toda la noche.

El abuelo de Forma murió de un ataque cardíaco en un shopping-center. Su madre le dijo a su padre que quería divorciarse en un shopping-center. Su formidable hermana menor asegura que son en realidad trampas extraterrestres ("La gente desaparece en los shopping-centers, te lo rejuro"). Su diabólico primo siempre disfrutó introduciendo mercadería en bolsillos y bolsos de paseantes distraídos, para contemplar desde cerca el caos y la confusión de los sensores electrónicos detectando mercadería involuntariamente robada.

¿Dijo ya Forma que ama los shopping-centers? Porque así es. Y lo primero que hace cuando llega a una ciudad es localizar la más grande de esas estructuras definitivas para poder perderse y encontrarse ahí adentro, afuera de todo.

Forma ha alcanzado satoris e iluminaciones de diferente calidad y precio en diferentes centros comerciales de Los Angeles, Caracas, Madrid, Glasgow, Buenos Aires.

Es tan fácil ejercer la libre asociación de ideas y geografías (los shopping-centers son países en sí mismos) que, por momentos, Forma se marea en la marea, como si oyera el canto de las sirenas o la música de las esferas. Piensa entonces que en los viejos mercados de Brandenburgo se podían paladear, frescos, los recién compuestos Conciertos Brandenburgueses en lugar de esta muzak erosionante. Forma piensa que hay shopping-centers de cámara y shoppings-centers sinfónicos.

Hay una preocupación fundamental sobre el tamaño del shopping-center. Forma prefiere los shopping-centers pequeños y contenidos, los que consiguen ese casi imposible poder de síntesis; pero el adicto al shopping-center busca, en realidad, la idea de que todo el mundo converja allí; que el mundo venga a él y que él ya no tenga que ir al mundo.

La escritora norteamericana y —dicen— maníaco-depresiva Joan Didion escribió alguna vez: "Un buen shopping-center donde pasar el día si uno se siente deprimido en Hawaii es el *Ala Moana*, en Honolulu. Un buen shopping-center donde pasar el día si uno se siente deprimido en California es *The Esplanade*, en Oxnard. Un buen shopping-center donde pasar el día si uno se siente deprimido en el valle del Mississippi es el *Edgewater Plaza*, en Biloxi. El *Ala Moana* de Honolulu es más grande que *The Esplanade* de Oxnard; *The Esplanade* es más grande que el *Edgewater Plaza* de Biloxi. El *Ala Moana* tiene estanques con peces. El *Edgewater Plaza* y *The Esplanade*, no. Por encima de estas ínfimas diferencias, el *Ala Moana*, *The Esplanade* y el *Edgewater Plaza* son el mismo lugar en lugares diferentes; de ahí su papel como ecualizadores geográficos, de ahí su función como sedantes de la ansiedad. A lo largo de sus pasillos uno se mueve dentro de la suspensión de la luz y del juicio, del juicio y de la personalidad".

El adicto al shopping-center necesita sentirse dueño del planeta, amo potencial de todas las cosas.

A veces lo consigue.

Lo reclaman para una encuesta sobre ecología; lo atropella un cardumen de niños en busca del siniestro payaso Ronald McDonald; lo encandila la abundancia de carne joven ceñida con estética de discoteca y tiempo de sobra que matar; le asombra la estudiada coreografía histérica de quienes compran y quienes venden y quienes, apenas, miran. Perros con hambre de lobo. Porque aquí se expone —al alcance de la vista—, todo aquello que no llegarán a tocar las manos. La posibilidad cierta apenas escondiendo la confirmación del imposible.

Se impone entonces sentarse bajo el falso cielo protector —cúpula de una indeterminable aleación transparente— y pedir algo de comer que tiene, para Forma, el predecible gusto de la multiplicidad que lo rodea —todos los sabores y ninguno— y, allí bajo la cúpula, recuerda a su formidable hermana menor.

Las ballenas y la claustrofobia —y, más tarde, los shopping-centers— eran para ella un solo sentimiento. Tuvo que ser dopada después de que Forma la llevara a ver *Pinocho*, cuando ella tenía seis años, porque aseguraba reflejarse en las vidas de Jonás y Ahab, constantes invitados en sus desquiciantes pesadillas ambientadas siempre en lugares públicos.

Un día como éste —entre las 17 y las 18 horas— Forma hizo lo que, a su juicio, tenía que hacer.

Haber funcionado como el Judas de tal historia —haber estampado su firma en los papeles de internación— no lo hace sentir particularmente orgulloso, pero tampoco le quita el sueño. Forma y su formidable hermana menor eran tan opuestos como sólo los grandes amigos pueden serlo. Se sabe: los grandes amores en la mayoría de los casos van a dar al cauce de una gran traición y —después de todo— *alguien* tenía que ponerle fin al delirio de quien —con el correr de los años— podría haberse convertido en, por ejemplo, alguien a quien las primeras planas no vacilarían en bautizar como la Dinamitera Loca de los Shopping-Centers.

Lo importante es que todo —la vida, la amistad y los shopping-centers— alcance proporciones épicas.

Que sea grande y grandioso.

Forma escribe y lee en los shopping-centers. Le gusta y le funciona.

En un shopping-center, Forma compró y empezó a leer *Oración por Owen*, de John Irving.

En otro shopping-center, Forma leyó por primera vez acerca de los apocalípticos shopping-centers generación X en los libros de Douglas Coupland.

En otro shopping-center, Forma carga su walkman con canciones de Jonathan Richman. Jonathan Richman empezó siendo punk y se convirtió en un ser angélico que sólo desea tocar su música en escuelas y shopping-centers, acompañado apenas por su guitarra y sus buenas intenciones de Peter Pan alucinado. Jonathan Richman compone canciones sobre shopping-centers. Una canción llamada "Rocking Shopping-Center". Una canción llamada "Dance with Me" donde describe a un hombre: "Aquí afuera, completamente solo; en el frío de la noche junto a un shopping-center cerrado y te digo: baila conmigo". No se venden CDs de Jonathan Richman en los shopping-centers. Forma siente esto como una verdadera injusticia.

En otro shopping-center, a Forma se le ocurrió la idea completa para un cuento donde —oh, casualidad— un hombre traiciona a su formidable hermana menor un tanto desquiciada.

Forma busca la contención y el consuelo de un shopping-center del mismo modo en que otros buscaban un cuarto de paredes amarillas para escapar al cafard. En un shopping-center su manía referencial, su libre asociación de ideas y su memoria parecen funcionar de modo diferente.

Ya lo dijo: una hora no es una hora aquí adentro; los dígitos en cristal líquido de los relojes modernos parecen retroceder sin resistirse a su condición original de sombra y arena en los antiguos e igualmente inexactos artificios para medir el tiempo.

Sólo entonces —en el borde mismo de los sesenta minutos cumplidos— Forma se permite pensar en su formidable hermana menor. O en tantas otras cosas. Cosas en las que nunca piensa ahí afuera, en ese lugar que muchos inocentes que se han quedado fuera de la historia todavía insisten en llamar —con esa voz entre reverente y triste que sólo se usa para invocar lo irrecuperable— el mundo real.

La Forma de Woodstock

Forma estuvo en Woodstock.

Forma no estuvo en Woodstock.

Forma pasó por Woodstock para comprar unas cuantas cervezas, siguió de largo y terminó casándose con una cowgirl llamada Samantha.

Forma le decía Sam y —como corresponde— se divorciaron a los pocos años.

Su primer hijo se llamó Joshua.

Su segundo hijo se llamó Tree.

En cualquier caso y de todos modos, el Woodstock de Forma nunca será igual al de ustedes.

Tiempo más tarde Forma leyó en una revista que el número de personas que, veinticinco años después del festival, aseguraba haber estado en Woodstock era proporcionalmente imposible a la cifra real: una multitud de mentirosos asegura haber estado en Woodstock cuando, en realidad, estaban en cualquier otro lado.

Forma leyó en otra revista el testimonio de alguien que *sí* había estado en Woodstock. Su definición del fenómeno era corta y concisa: "Un montón de barro, pésimo sonido y alguna que otra chica mostrando las tetas".

Forma no puede evitar imaginarse la cantidad de preguntas que debe haber soportado a lo largo y ancho de los años ese tipo que *sí* estuvo en Woodstock.

Preguntas formuladas por personas que admitían no haber estado en Woodstock para sacarle información que repetirían ante segundos y terceros asegurando haber estado en Woodstock.

A veces se generan confusiones y malentendidos: no, Jimi Hendrix no quemó su guitarra en Woodstock. La quemó en Monterrey, cree, está seguro.

Casi seguro.

Pobre tipo.

Pobres tipos.

Forma no estuvo en Woodstock.

Lo vio de lejos.

En una butaca vencida del Auditorio Kraft, con tímido olor a marihuana creciendo paranoico desde las filas del fondo.

La copia era mala. La copia estaba cortada.

Forma vivía en Argentina, claro, y el verdadero festival estaba a punto de comenzar. Pero antes, Forma se tomó una suerte de revancha yendo a despedir a Sui Generis en el Luna Park.

En los meses y en los años siguientes, Forma terminó no yendo a ningún lado y despidiéndose —a su pesar— de demasiadas personas que nunca llegó a conocer del todo.

Tema curioso, el de los grandes festivales. No son grandes en su momento: se van agrandando a medida que pasan los años.

Su efecto no es inmediato: como el de ciertos célebres

Trabajos manuales

venenos para cucarachas, es residual. Están diseñados más para ser recordados que para ser vividos en el momento y sitio exacto.

Como Live Aid. Como el cierre de Amnesty International en un Buenos Aires donde ya no existe el Auditorio Kraft, donde ahora Forma fuma marihuana tranquilo, mirando Woodstock en su video.

No cuesta mucho pensarse de acá a algunos años relatando con perfiles míticos la rutinaria performance de Peter Gabriel, de Bruce Springsteen & Co. No le cuesta mucho pensar en legiones de personas narrando un Amnesty donde nunca estuvieron. Miles de aparecidos.

Así son las cosas.

La necesidad de mitificar es lo que en realidad diferencia al hombre del animal.

Así le va.

A algunos Woodstock les cambió la vida.

Otro se agarró alguna venérea.

Otro murió en Vietnam.

Otro resucitó en Vietnam.

Otro —como Bob Dylan— fue invitado pero prefirió quedarse en casita, esperar que pasaran veinticinco años y ser invitado a otro Woodstock, en otro lugar. En 1969 Bob Dylan vivía en Woodstock y alguna vez declaró: "Había gente por los prados. De día y de noche. Extraños llamando a tu puerta. Fueron días verdaderamente oscuros y deprimentes. Me refiero al festival, que fue como la suma total de toda esa mierda. Me puse muy nervioso y resentido, y salí corriendo de allí con mi familia lo más rápido que pudimos."

Otro nació en Woodstock. (Un asistente susurra, en la oreja de un músico que está por subir a escena, que una mujer acaba de dar a luz en las praderas de Woodstock. El asistente y el músico destilan ácido en sus tímpanos y sonrisas de mandala. El músico dedica su actuación en Woodstock a la madre de Woodstock y al hijo de Woodstock. Hay innumerables leyendas alrededor del hijo de Woodstock. Ella creció hasta convertirse en una millonaria traficante de armas; él murió de modo espantoso.)

Forma se cruzó una vez con un tal Arthur Vassmer. Él y su mujer, explica Arthur, eran los encargados de registrar todo nacimiento o defunción en Sullivan County. Nadie nació en Woodstock, ríe Arthur, aunque es probable que más de uno haya sido concebido en Woodstock, salvo que se considere a aquel canario amigo de Snoopy —aquel canario bautizado Woodstock por el viejo Charles Schultz, en su momento— como alguien *nacido* en Woodstock.

Otro murió en Woodstock. (Viernes 15 de agosto de 1969. Un chico del Bronx se durmió bajo un camión utilizado para vaciar las letrinas portátiles de Woodstock. No lo vieron. Le pasaron por encima. Alguien lo sostuvo en sus brazos hasta que el chico murió después de agonizar dúrante uno, dos, tres minutos. Murió escuchando música, después de ser aplastado por un camión donde se vaciaban las letrinas portátiles.)

Otro vivía en Woodstock y se pasó todos y cada uno de los minutos de esos tres días de paz y música insultando a los hippies que pasaban a su diestra y a su siniestra.

Otro se sintió parte de *Easy Rider* —la parte de los que iban en moto— y encontró su destino en una ruta secundaria.

Otro se sintió parte de *Easy Rider* —la parte de los que

disparaban rifles de caño recortado a los que buscaban su destino— y se proclamó patriota, auténtico norteamericano cuya misión era reestablecer el orden natural de las cosas.

Con el tiempo, los que sobrevivieron a los patriotas y al final de la era de Acuario se convirtieron en personajes del film llamado *Reencuentro*, que en realidad se llama *The Big Chill*, y se dedicaron a explicar desde la pantalla a todos aquellos que quisieran oírlos que la única buena música —mientras bailaban en una cocina rural high-tech al son de ¿Marvin Gaye? ¿o Sam Cooke? ¿quién era?—, la única buena música fue la de los '60, la música que se escuchó en Woodstock.

Los de acá, los que no aparecieron en ninguna película, conocieron destinos más imprecisos.

Se convirtieron en publicistas, en financistas, se fueron al fondo del Bolsón, tuvieron hijos. El escalofrío de un pasado imperfecto que todavía no entienden del todo les enfría los huesos.

Algunos desaparecieron.

Literalmente.

Como por arte de magia.

En la versión alucinógena de los Evangelios que reconoce y defiende aquello de sexo, droga y rock and roll a modo de Santísima Trinidad, Woodstock aparece sin dificultad como el Jardín del Edén.

Recuérdese aquellas fotos de parejas desnudas a la vera de un arroyo, jugando a Adán y Eva lejos del infierno de Vietnam.

Ahora piénsese en perspectiva. En Woodstock como en un resumen de lo publicado o en un capítulo despedida, y no —tal como se pensaba entonces— como símbolo de una nueva era. Piénsese en Woodstock como el sitio exacto de donde el Homo Aquarius fue expulsado y adonde espera retornar veinticinco años más tarde, con movimientos tan emotivos como paródicos.

El problema es que ya no se puede volver a casa. No se puede repetir el milagro porque —se sabe— los milagros no vienen con manual de instrucciones.

Y ahora piénsese —como ahora piensa Forma— en lo más interesante de todo: Woodstock no fue en Woodstock.

Woodstock fue *cerca* de Woodstock.

Woodstock fue en los terrenos de una granja de 600 acres en Bethel, una granja que le alquilaron a un tal Max Yasgur. Un buen tipo, dicen. Michael Lang —uno de los responsables directos del festival— recuerda: "Desde el vamos, la idea fue hacer de Woodstock la reunión definitiva de la década. Al final se convirtió en una experiencia religiosa. Pero no lo planeamos. Simplemente ocurrió".

La idea era cien mil personas. Dieciocho dólares por cabeza. Del 15 al 17 de agosto de 1969.

La asistencia real se calcula en quinientos mil seres humanos. Un millón quinientos mil nunca llegaron por el caos de tráfico y ácido humo de marihuana generado a treinta kilómetros del altar. En algún momento, los promotores pensaron en tirar abajo las vallas y convertirlo en un evento gratis. Y, sonriendo, lo hicieron.

Decir Woodstock es decir *azar*, decir *impredecible fenómeno natural*, decir *pero cuánta gente vino, ¿no?*.

En *Woodstock 94: La Leyenda Continúa* el sonido es todo lo excelente que supo alcanzar la digitalización, pero también hay barro, y —¿por qué no?— alguna que otra chica muestra las tetas, más en nombre de la nostalgia que de la transgresión. Una chica muestra las tetas para poder decir: "Hey, yo mostré mis tetas en Woodstock".

El fin de milenio tiene estas cosas: si eras demasiado pequeño para Woodstock, bueno, aquí tienes tu *Oportunidad de Tomar Revancha* veinticinco años más tarde. Ciento treinta y cinco dólares y adentro. Se aceptan todas las tarjetas. No está mal, piensa Forma. Padres e hijos. Y nietos. Y muchos que ya mienten haber estado en Woodstock 94.

La música es otra pero la canción es la misma. Y un detalle más que sugestivo: Woodstock 94 tampoco es exactamente en Woodstock.

Woodstock '94 es en un lugar llamado **Saugerties**. Un lugar donde todos los años se celebra la Fiesta Nacional del Ajo.

Woodstock es cerca de Woodstock.

La cuestión —piensa Forma— es no perder la capacidad y el reflejo para el mito veloz.

El día en que se deja de inventar, se está muerto; se está definitivamente *unplugged*.

Lo malo —piensa Forma— es que existan tantas toneladas de memoria para Woodstock y se olviden de tantas otras cosas.

Pero ésa es otra historia.

Mientras tanto —y justo antes del cierre de esta transmisión, antes de que los que estuvieron y los que no estuvieron vuelvan a casa pateando latas vacías—, la versión que más parece ajustarse a la realidad de las cosas es aquella que indica que el mundo está lleno de pequeños Woodstocks individuales.

De vez en cuando se juntan —dicen— y conforman un

gran Woodstock, para que el resto de los Woodstocks individuales mientan que allí estuvieron, que lo recuerdan todo a la perfección, como si fuera ayer.

Forma no estuvo en Woodstock.
Forma está escribiendo sobre Woodstock.
Forma pasó por ahí a la madrugada, cuando gritaba la guitarra de Jimi Hendrix, y se detuvo a comprar unas cervezas y nunca conoció a una cow-girl llamada Samantha.
Forma no está escribiendo sobre Woodstock.
O sí.

La Forma del Hospital

Selene supo que era grave —supo que no era apenas un simple dolor de cabeza— cuando empezó a soñar en colores.

Todo era como uno de esos libros para colorear: un número por cada color, hasta iluminar un bosque, una playa, una calle de una vieja ciudad europea con príncipes y princesas.

El blanco y negro de los sueños de Selene creciendo a ocres primero; después a tonalidades pastel; y ahora es un furioso huracán de colores parecidos a los de *El Mago de Oz*.

Lo más terrible de todo fue que, con la llegada absoluta de los colores, dejó de soñar.

Selene ya no soñaba.

Entonces supo que no le quedaba demasiado tiempo. Lo supo en el rumor de sus huesos y en el latido de sus muelas y en esos colores nuevos que ahora llenaban sus noches: colores sin nombre, colores que nadie se habría atrevido a legitimar en un cuadro.

Selene ya no soñaba en colores. Ahora, Selene apenas soñaba *con* colores, porque —entendió— comenzaba a no ser parte de las formas, las personas y los objetos de este mundo.

La enfermedad como una llave buscando la cerradura correcta. Como uno de esos programas de televisión, donde los participantes se plantan temblando frente a una pequeña puerta esperando que la llave que eligieron libere la certeza de un premio y un paraíso. Besos y abrazos y papel picado cayendo desde las alturas. Música triunfal.

Selene sólo mira programas de entretenimientos y se pregunta cuál habrá sido la enfermedad que abrió la cerradura de su cuerpo. Porque lo cierto es que la abrió demasiado rápido.

No está bien. No es justo.

A veces, los programas de entretenimientos terminan un poco antes, porque el primero, o el segundo, o el tercero de los veinte participantes abre la puerta. Todos saltan y gritan, claro; pero Selene cree descubrir un átomo de desilusión en los conductores del programa cuando ocurre esto. No es correcto. No hay tiempo para la construcción del Gran Final. Todo termina antes. Antes de tiempo.

Los médicos le dicen que todavía no están seguros, que no saben, que siguen investigando.

Selene se refiere a todo el asunto con el nombre de *La Cosa*. Le muestran radiografías. Selene las mira del mismo modo que otras mujeres de su edad observan las últimas colecciones europeas, fotos de actores lejanos.

Selene se ha vuelto bastante experta en el frágil arte de leer radiografías. Los médicos le señalan un fantasma blanco, casi una nube, flotando en la placa.

Esa soy yo, piensa Selene. Y esa es La Cosa que me está matando. La Cosa que va a matarme.

Hoy se llevaron a su compañero de cuarto. Le dicen que fue transferido de habitación, pero es mentira. Selene lo sintió morir en la noche. Una secuencia de toses. Una mano golpeando los bordes de la cama. Un último y bellísimo suspiro.

Selene se hizo la dormida. Fingió que no escuchaba nada —no llamó a la enfermera— y cerró los ojos bien fuerte, hasta que se durmió de verdad.

Soñó una perfumada variación de verde. Lo cierto es que Selene va a extrañar a su compañero de cuarto. Va a extrañar las historias que él le contaba, sobre todos los santos que había perseguido y alcanzado durante su juventud. El viejo le había dicho que era uno de los últimos cazadores de santos y que había dedicado gran parte de su vida a esclarecer esos misterios del cielo que —de vez en cuando— decidían posarse sobre la superficie de la tierra.

Cuando Selene le preguntó si existía el Cielo, el Paraíso, cualquier cosa de ésas, el cazador de santos se escondió detrás de una tos larga y empinada como una escalera.

Ahora Selene está sola. Tiene todo el cuarto para ella. Decide quedarse allí hasta que alguien ocupe la cama del viejo. Hasta que le toque el turno de irse a ella, hasta que la "cambien de habitación".

A la mañana siguiente había una nueva persona en la cama de al lado. Una mujer que sólo hablaba de morirse y de comprender la muerte. Sería fácil pensar que fue entonces cuando Selene decidió escaparse. Pero no es cierto, no es verdad. Simplemente ocurre que los días en el hospital empiezan a pesarle como tiempo en suspensión, como condena no excarcelable. Los minutos le caminan por el cuerpo como hormigas en un día de campo.

Selene siente los minutos penetrándola por los poros hasta alcanzar su torrente sanguíneo y fundirse con las células muertas, con las células enloquecidas que se han disparado en todas direcciones. Siente y piensa cosas raras. Cosas que podría estar haciendo —o intentando hacer— si no estuviera flotando en la isla de su cama, rodeada por un océano de pronósticos reservados.

Hay días en que a Selene le gustaría tener un gato por el solo placer de oírlo maullar. O aprender a manejar uno de esos autos lo suficientemente pesados como para poder atrapar en la radio las viejas canciones de Hank Williams.

El gato, el auto y las canciones de Hank Williams son —claro— eficientes artefactos de la tristeza, formas físicas de los deseos que se presentan con la enfermedad. Selene se imagina triste en su auto con las canciones de Hank Williams cruzando el Ecuador y sintiendo —según leyó en algún lado— que su útero se engrosa en el momento exacto en que ella, su auto, su gato y las canciones de Hank Williams superan la línea que divide al mundo. Nadie sabe por qué ocurre esto con los úteros de las mujeres en el Ecuador.

Selene siente la impostergable necesidad de irse, de cruzar la línea del Ecuador, de sentir esa extraña tensión en su bajo vientre.

Selene recuerda las palabras de su padre. Las extrañas teorías de su padre. El Pánico de la Huida Considerada. La necesidad de mantenerse en movimiento, fuera de foco, inalcanzable para La Cosa.

A veces le gusta pensar que su padre y su madre vendrán a visitarla cualquier día de estos. Nina y Alejo van a sentarse sobre su cama y le van a explicar cómo fue exactamente que ocurrió todo; cuál fue el momento exacto en que su enfermedad se abrió como una flor.

Selene sabe que eso no va a ocurrir. Sus padres ni siquiera saben dónde está ella; tampoco conocen el tránsito de su mal, ni cuentan los días que le quedan y las noches que se le escapan. Selene tampoco sabe en qué lugar pueden estar ellos ahora. Hace años que no los ve y lo cierto es que cada vez le recuerdan más a una fotografía. La fotografía que guarda en su mochila, junto a la máscara de Tortuga Ninja, las llaves de su motocicleta, los imprevisibles diarios íntimos de su madre, los pocos trofeos y señas personales que se las arregló para reunir hasta ahora.

Selene abre uno de los bolsillos de su mochila y extrae la fotografía. La mira contra la luz, como si fuera un cristal raro, un vidrio de colores.

En la fotografía hay una nena —¿siete, ocho años?— enfundada en un disfraz de Tortuga Ninja, variedad Donatello. A su lado, un hombre y una mujer miran hacia los bordes de la foto. El hombre mira a la derecha y la mujer mira a la izquierda. Es obvio que no quieren estar ahí, que les gustaría estar en cualquier otro lado que no sea esa foto. Miran hacia afuera.

Es entonces cuando Selene decide escaparse. Hoy a la noche Selene va a trepar a su motocicleta y va a apuntar para cualquier parte antes de disparar. Va a esperar a que la mujer que sólo habla de la muerte cierre los ojos y se duerma y empiece a hablar dormida todas esas palabras raras.

Entonces va a bajar por las escaleras hasta los archivos del hospital, va a robar su expediente —una carpeta breve, un puñado de radiografías que muestran una sombra blanca avanzando cada vez más rápido por sus entrañas— y va a recuperar la idea del mundo exterior.

Esa tarde, Selene vuelve a soñar y su sueño —o la recuperación del sueño— le parece la mejor de la señales posibles.

Selene se duerme para estar despierta a la noche, para que la recta del camino y el latido de la motocicleta no la obliguen a cerrar los ojos.

Entonces sueña. Vuelve a soñar.

En el sueño Selene es otra y es la misma. No importa. Lo importante es que, sí, está curada.

En su sueño, Selene conversa con alguien, en una casa apartada de toda ciudad, lejos. No alcanza a ver el rostro de su interlocutor, pero lo intuye vagamente conocido.

Selene y el hombre de su sueño conversan y, en un momento perfecto —justo antes de que despierte para iniciar la fuga—, Selene se oye a sí misma diciendo: "Pero todo esto que te estoy contando pasó hace mucho tiempo. Cuando yo era otra. Cuando estaba enferma..."

La Forma de Casablanca

"*...y esperan, esperan, esperan*", había dicho la ominosa voz en off al comienzo.

La verdad es que ahora —en la cálida oscuridad de un cine casi vacío, con los acordes iniciales de "La Marsellesa"— a Forma le sorprende la conducta del otro único espectador que justificó la última función de la noche.

A diferencia de Forma, cuya emoción lo inmoviliza en la butaca, el individuo —varias filas más adelante— se ha puesto de pie para dirigir a la orquesta del *Rick's*, con tan vehementes como inconfundibles gestos de su brazo.

Lo cierto es que Forma había vuelto a *Casablanca* impulsado por las fuerzas que justifican la existencia de un espejismo superpoblado con el amor incondicional —o la incredulidad regocijada— de millones de espectadores que lo habían precedido y lo seguirían en el mismo viaje.

Forma recuerda haber disculpado el exceso con un: "Bueno, después de todo, nunca la vi en un cine. Siempre en televisión. O en video".

Pero la verdad era otra.

Casablanca es —quizá junto con el Xanadú de *El Ciudadano*, o el Bedford Falls de *Qué Bello es Vivir*, o el Nefud de

Lawrence de Arabia— el único lugar en la historia del cine al que se puede volver con plena confianza de no ser desilusionado.

Casablanca siempre es superior al recuerdo de *Casablanca*; sus blancos y negros producen la más disfrutable de las psicosis. Así, el que se sepa exactamente lo que va a suceder no impide la sorpresa incrédula de la primera vez. Mejor todavía: se acaba siempre agradeciendo por lo que ya se sabe que va a suceder.

La historia es conocida, pero no por eso banal.

Son tres y sobra uno y ni ellos saben cómo va a terminar todo el asunto.

Forma tiene, en algún bolsillo, una fotografía de los formidables mellizos guionistas Julius y Philip Epstein —santos patronos de la improvisación inspirada— y tal vez es a ellos a quienes debió encarcelar el capitán Renault; a ellos y no a los sospechosos de siempre.

Los mellizos Epstein interrumpieron el guión de *Casablanca* —basado en una espantosa obra de teatro titulada *Everybody Comes to Rick's*— para irse a Washington a trabajar con Frank Capra en una serie de documentales, comprometiéndose a enviar el resto desde allí, escena por escena.

Mientras tanto, la trama de *Casablanca* se filmaba a vuelta de correo, sin que nadie —ni los protagonistas del film ni los otros guionistas que intervinieron y que reclaman para sí la herencia, en sendos prólogos de sendos libros— supiera a ciencia cierta adónde iría a desembocar todo el caos, pero teniendo perfectamente en claro que lo único importante era reservar mesa en Rick's para ser atrapado por los nazis.

Tal vez por eso —piensa Forma— todos los peronajes

de *Casablanca* se ven obligados a ser descaradamente ingeniosos. A pronunciar parlamentos inolvidables, como si fueran sus últimas palabras, porque como bien precisa Umberto Eco: "*Casablanca* es la cita de otras mil películas y porque cada actor repite en ella un papel interpretado otras veces. Opera en el espectador la resonancia de la intertextualidad. Y, cuando todos los arquetipos irrumpen sin pudor alguno, se alcanzan profundidades homéricas".

Tal vez por eso, *Casablanca* se convertiría en la mejor y más eficaz sonda espacial, en el Voyager más didáctico, a la hora de explicar a culturas extraterrestres los cómos y los porqués de la siempre contradictoria y siempre impredecible condición humana.

Tal vez por eso —y a modo de ejercicio perverso—, el escritor norteamericano Chuck Ross transcribió textualmente el guión de *Casablanca* con el título de *Everybody Comes to Rick's*, lo firmó con el seudónimo de Erik Demos y lo envió a doscientos diecisiete agentes de Hollywood, para ver qué ocurría. Lo que ocurrió fue que sólo treinta y dos de esos agentes —uno de cada siete, para ser precisos— reconocieron el guión de *Casablanca*, y celebraron la broma. Uno de ellos contestó: "Tengo algunas ideas para el elenco de este magnífico guión, pero la mayor parte de mis candidatos ha muerto". Ocho agentes lo rechazaron señalando "algunas similitudes" con *Casablanca*. Cuarenta y uno de ellos lo señalaron como inadecuado para el cine actual, sin dar muestras de haberlo reconocido en absoluto. Tres lo aceptaron y se ofrecieron a ser representantes del autor. Uno sugirió que lo indicado sería que el autor lo convirtiera en novela.

Tal vez por eso a Forma no le extraña la idea de un grupo de hombres reunidos en la antigua oscuridad de una caverna, alrededor de un fuego, contando una historia que empieza con un mapa y termina con un aeropuerto vacío de aviones y rebosante de niebla.

Ahora Forma ha vuelto a ver la película y, al mismo tiempo, relee las fichas con la ayuda de una pequeña linterna en la oscuridad de la sala. Las fichas que le envía todos los meses una organización clandestina llamada *The Casablanca Connection* (una rama de los Irrealistas Virtuales que se ha especializado en los misterios del film en cuestión; en dilucidar sus claves como si se tratara de los rollos del Mar Muerto).

Forma mezcla las fichas y las lee al azar. Un ojo en la pantalla, un ojo en los pequeños cartones, y un insospechado tercer ojo en los movimientos del hombre varias filas adelante:

Casablanca (1942) 102 minutos. **** (máxima calificación). Director: Michael Curtiz. Humphrey Bogart, Ingrid Bergman, Paul Henreid, Claude Rains, Conrad Veidt, Peter Lorre, Sidney Greenstreet, Dooley Wilson, Marcel Dalio, S.Z. Sakall, Joy Page. Todo está donde debe estar en este clásico que transcurre en la turbulenta Casablanca durante la Segunda Guerra Mundial, ciudad donde un elusivo dueño de night-club (Bogart) se reencuentra por azar con un viejo amor (Bergman) y su marido, el líder de la Resistencia (Henreid). Rains resulta maravilloso como el apuesto jefe de policía, y nadie canta "As Times Go By" como Dooley Wilson. Ganadora de tres Oscar incluyendo película, director y guión (Julius & Philip Epstein y Howard Koch). Nuestra candidata al mejor film hollywoodense de todos los tiempos. (Leonard Maltin's Movie and Video Guide)

"Había que hacer una película a la semana. Así que se empezaba con el rodaje, estuviera terminado o no el guión. En este sentido, Casablanca *es un caso clásico. El guión no estaba listo. Lo que no era algo raro en esos tiempos. Hoy, nadie sería capaz de empezar a filmar sin un guión en perfectas condiciones. Pero aún así, siguen produciéndose películas horribles. Un misterio".* (Julius Epstein, guionista)

"... pero miren lo que me está ocurriendo. De golpe soy un héroe. En All Through the Night, *la mafia y yo acabamos con un nido de comunistas. En* Across the Pacific *evito que los japoneses hagan volar por los aires el Canal de Panamá. Y ahora, en* Casablanca, *soy un duro norteamericano luchando contra una banda de fascistas alemanes en el Marruecos francés. Qué van a pensar mis fans, mis fans que me aman porque me odian, ¿eh?"* (Humphrey Bogart, actor)

"Todas las mañanas nos preguntamos quiénes somos, qué estamos haciendo aquí. Es ridículo. Michael Curtiz no sabe lo que está haciendo porque tampoco sabe cómo va a seguir la historia. Humphrey Bogart está de mal humor y se la pasa encerrado en su trailer. Nos entregan el guión de a páginas y cuando ayer le pregunté al director de quién debía mostrarme enamorada me contestó que 'más o menos de los dos'". (Ingrid Bergman, actriz, en una carta a una amiga)

"El éxito de Casablanca *es un misterio. Para empezar, nada de lo que ocurre en la pantalla tiene siquiera el menor asidero con la realidad. Nunca hubieron alemanes de uniforme en la Casablanca real. Tampoco existió el asunto de las visas. Nada. Aquellos últimos días de filmación fueron una pesadilla de la que sólo recuerdo fragmentos. Me sentía co-*

mo un viajero que finalmente ha arribado a destino sin tener la menor idea de dónde o cómo o qué estuvo haciendo hasta entonces. Todos en el estudio trataban de pensar un final digno. Había pánico, auténtico pánico en los pasillos... No sé que hubiera sido de nosotros si no se nos hubiera ocurrido aquello de ¡reúnan a los sospechosos de costumbre!... Tampoco es que lo hayamos pensado demasiado. Íbamos en el auto, camino al estudio, con mi hermano y, de improviso, gritamos esa frase al unísono. Fue como un flash. Hubo mucho de iluminación, de milagro en todo el asunto". (Julius Epstein, guionista)

"*Casablanca siempre me pareció auténticamente espantosa*". (Max Steiner, músico responsable de la partitura del film)

"*Nunca me gustó Casablanca*". (Paul Henreid, actor)

Pero Forma se está alejando de su único camarada, del otro hombre en el cine. El otro hombre que ha recibido a "La Marsellesa" de pie no puede ser otro —descubre Forma— que Victor Laszlo.

El líder de la resistencia que finalmente se queda con Ilsa Lundt, dejando a Rick —ese personaje que alguien definió como "dos partes de Hemingway, una de Fitzgerald y una pizca de Cristo de café"— sonriendo triste pero dispuesto a una nueva aventura.

En la penumbra de los títulos finales, Lazlo se volvió hacia Forma y le dijo, avergonzado:

—Disculpe... Siempre me dejo llevar por esta música.

A Forma no le hizo falta preguntarle qué hacía ahí —en los finales del milenio, lejos de todo—: la explicación saltó como un reflejo de los labios de Lazlo.

Trabajos manuales

—No me diga nada: usted es de esos cretinos que disimulan su emoción en la parte de "La Marsellesa". Me dicen que, en algunos cines, la gente se pone de pie y canta y llora. Claro, para ellos es fácil. Claro, usted está libre, usted es un simple testigo... Su emoción dura lo que dura una película. Pero no puede imaginarse lo que es vivir así. No puede conocer el horror de huir y huir y huir por toda Europa, con el equipaje y los sombreros de mi mujer... O el horror de esa escena final, en el aeropuerto. El set era más pequeño que un garaje, en realidad. Por problemas de perspectiva y de construcción del escenario, tuvieron que rodearnos de enanos a Rick, a Ilsa y a mí. El único momento en que soy verdaderamente feliz en toda la jodida película es la escena de "La Marsellesa". Hay quien dice que todos los extras que participan de la escena eran refugiados europeos auténticos, que habían llegado a América huyendo de los nazis... No sé. No estoy seguro. No lo recuerdo. Somos todos prisioneros de una trama que no podemos dejar y que se repite con cada reposición de esta terrible pesadilla. Estamos condenados a perdernos y encontrarnos una y otra vez, a decir las mismas frases ingeniosas, como otros recitan el Corán o la Biblia. Nuestro nacimiento fue atroz, por culpa de esos malditos mellizos Epstein, y ahora giramos en el vacío de infinitos finales. A veces Rick Blaine se queda con Ilsa, y tienen unas horrorosas quintillizas, todas ellas con la cara de Bogart. Otras veces Blaine y Renault triunfan en Broadway como bailarines, en una comedia con música de Sam. ¿Sabe que Dooley Wilson no sabía tocar el piano? Debo reconocer que se las arregló bastante bien... En ocasiones yo muero sin siquiera llegar a *Rick's*. Y así nos desencontramos por todo el mundo. París, New York, Tokio. Lo más triste de todo es que nunca repongan *Casablanca* en Casablanca...

Forma se dijo que eso no era de ningún modo el principio de una hermosa amistad. Se alejó de Laszlo, en la niebla, como quien se aleja de un perro poco confiable —un perro que no ladra— y caminó hacia su casa apenas abrigado por la obviedad de ir silbando "As Time Goes By".

La Forma del Insomnio

Para empezar, no ayuda demasiado enterarse de que ninguna de las grandes mentes del mundo tiene la menor idea de por qué la gente cierra los ojos y duerme.

El Dr. James Krueger —quien ha dedicado su vida profesional a intentar descubrir los motivos detrás de la química cerebral que arrulla el sueño y que comparte su apellido con un célebre monstruo que puebla las pesadillas de los adolescentes norteamericanos— confiesa: "Durante miles de años los profesionales han dicho a sus pacientes que se duerme para recuperar energías. Pero esto es, apenas, un disparo en la sombra, una intuición tan seria como apostar a un caballo desconocido que nos cae simpático por su dentadura. La verdad es que no existe ni una mínima evidencia clínica que nos muestre que el sueño sirve realmente para algo".

Otros, sin embargo, se arriesgan a pensar que el sueño renueva tejidos, que ayuda a mantener aceitados los frágiles mecanismos de la memoria.

Si algo de esto llega a ser cierto —si el sueño y el dormir son verdaderamente imprescindibles—, bueno, entonces estamos en problemas: el pasado enero, en Estados

Unidos, la *National Commission on Sleep Disorder Research* advirtió acerca de la existencia de un "déficit de sueño en los seres humanos".

En los filos del nuevo milenio, los estudios del organismo en cuestión revelan que ahora dormimos un 20% menos de lo que se estilaba durante las tranquilas y perfumadas noches de finales del siglo pasado.

Sharkey le cuenta todo esto a Forma y lanza una carcajada contra el techo del Insomnia Club. Sharkey no se llama Sharkey, claro. Le dicen Sharkey a partir de *shark*, palabra con que el idioma inglés identifica al tiburón, esa bestia de sonrisa amplia que no sabe cómo dormir, que nunca aprendió a cerrar los ojos.

Sharkey entiende todo este asunto del sueño como una suerte de reparación histórica y de soñada justicia poética a una causa que abrazó hace mucho tiempo.

—No puede ser, no es justo, que pasemos la tercera parte de nuestras vidas con los ojos cerrados y sin hacer nada, y no sepamos por qué —se indigna Sharkey.

Tiempo atrás, Sharkey se prometió ganar tiempo. Recuperar el tiempo perdido. Sharkey recuerda las tres versiones de *Invasion of the Body Snatchers*. Las ha visto todas. La primera —la más terrible— en blanco y negro, en una trasnoche televisiva de su infancia. La idea de que los extraterrestres se apoderarían de su cuerpo mientras dormía activó en Sharkey el más despierto de los terrores. Sharkey recuerda que, después de ver el film, no cerró los ojos durante tres noches y que sus padres lo pusieron entre la espada y la pared: el somnífero o el consultorio del psiquiatra.

No voy a dormir más, se juró el último anochecer antes de huir de su casa y de los pesados edredones confeccionados por una madre que parecía sonámbula.

Dormir es más que una peligrosa imitación de la muerte: es aceptar el final de todas las cosas; es sucumbir ante las fuerzas ocultas de un exterior que está adentro. Para Sharkey, ya no hay días ni noches. Ahora todo es como una cinta de Moebius, una suerte de alfombra lenta y pesada que nunca termina de desenrollarse del todo.

Sharkey empezó su vigilia ininterrumpida con drogas controladas de curso ilegal.

Las primeras semanas después de unirse a las filas de los Irrealistas Virtuales fueron duras para Sharkey. Tan duras como las de un gimnasta en busca de la perfección olímpica. Tan terribles como las de ese hombre sordo erigiendo nota a nota —sin siquiera mirar el blanco y negro del teclado— la catedral de sonidos de sus nueve sinfonías.

Así, de este modo, transcurrieron los días y las noches insomnes de Sharkey: pupilas pintadas sobre los párpados, cocaína directamente aplicada sobre el iris y, al final, la prescindencia total de la intermitente palabra *párpados*.

—Al poco tiempo ya no necesitaba de sustancias. Me olvidé de cómo se hacía para dormir— recuerda ahora Sharkey. Y sonríe su dentadura de hipnotizado voluntario.

—Al poco tiempo, uno empieza a alucinar —confiesa Sharkey a su amigo Forma—. Quiero decir... uno *piensa* que alucina. En realidad, son los sueños que te vienen a buscar, por más que estés despierto. Los sueños no se resignan a perderte y comienzan a entrometerse en tu realidad. Y, claro, dejan de ser sueños para convertirse en otra cosa; en algo diferente y verdadero. Pongámoslo del siguiente modo, para que puedas entenderlo: yo antes soñaba que volaba; ahora vuelo.

Así vuela Sharkey, piensa Forma, mirándolo, así vuela y vuela, todo el tiempo, sin pasaje de vuelta a ese lugar donde el resto de la gente duerme el sueño de los injustos. Sharkey está ahí, junto a Forma, apoyado en la barra del Insomnia Club, pero también está en otra parte. En ese lugar sin mapas, en ese sitio habitado sólo por los miembros del Insomnia Club, por los hombres que no duermen y que se felicitan por no hacerlo.

Forma comprende con algo demasiado parecido al terror que, alguna noche de éstas, los insomnes del mundo —los hombres que no cierran los ojos cuando el cielo se baña en sombras que alientan el descanso de los simples y los ignorantes— abandonarán el secreto que los esconde y los protege en esta mansión pesada como una pesadilla, conocida como el Insomnia Club, y saldrán a cambiar el mundo. Partirán hacia todos los confines del planeta, a desordenar del todo las leyes del juego, a llevar hasta el extremo la plaga advertida por esa Comisión Nacional de Estudio del Sueño y sus Desórdenes, esa comisión que nada puede hacer salvo señalar el síntoma y persignarse ante la llegada del terror.

—Cada vez somos más, cada vez somos más fuertes. La batalla está ganada desde el comienzo: sólo tenemos que esperar a que se queden dormidos los que se resistan al nuevo orden. Pronto, el Insomnia Club no se conformará con las paredes de este edificio. Las paredes caerán y su estruendo mantendrá despierta a toda la humanidad. Y el insomnio abrirá para siempre los ojos del planeta —dictamina Sharkey.

Ahora Sharkey cierra los ojos y Forma descubre que Sharkey no cierra los ojos. Forma descubre que Sharkey se ha extirpado la fina y cobarde piel de sus párpados, en honor a una idea cada vez menos soñada y más real. En sentido homenaje a un futuro y a un mundo donde la gente vive vidas más largas y productivas. Un lugar donde ya se han descubierto las curas para todos los males y se ha borrado la palabra *sueño* de todos los diccionarios. Un territorio sólo infestado de escualos felices.

Afuera del Insomnia Club, miles de personas cuentan en vano miles de ovejas que, con cada noche que pasa, parecen más y más reacias a saltar estúpidamente sobre una estúpida cerca, una detrás de la otra. Miles de personas que resignan, con los ojos cerrados, la tercera parte de sus existencias y que nunca aprendieron a conjurar debidamente y hacer práctica la teoría del verbo *volar*.

Afuera de aquí son cada vez menos los que duermen y sueñan que vuelan.

La Forma de la Soledad

Las fotos que lo sobreviven y lo multiplican en tramposas variaciones de sí mismo lo muestran como una suerte de James Dean del piano.

Al fondo de sus grabaciones, mezclada con la música que parecía crecerle en la punta de los dedos, puede oírse su voz —ahora digitalizada con la más alta de las definiciones, como a él le hubiera gustado—, tarareando a contrapelo en algún sitio entre el éxtasis celestial y el orgasmo terreno.

Están, claro, los que aseguran que no murió; los que dicen que Glenn Gould está escondido en algún lugar; que de tanto en tanto aparece en los bordes de algún teclado y repite el milagro de su música. Otros —más temerosos— postulan la idea de que Glenn Gould era alguien fuera de este mundo, un adelantado de las ideas, a quien recién se comprenderá en su totalidad en algún momento del futuro. Todavía hoy se escuchan sus *Variaciones Goldberg* como si se intentara descifrar un mensaje cifrado; como si se tratara del perfecto mensaje en una botella enviado por el más perfecto de los náufragos que alguna vez habitaron esta isla llamada Tierra. Alguien que —acorralado contra la pared de la síntesis— no vacilaba en definirse como "un escritor, compositor y hombre de la televisión canadiense que toca el piano en sus ratos libres".

Nada más obsceno y vano que intentar contener la vida y la obra de un hombre en un puñado de líneas invocadas en el tiempo y la distancia.

Esta es entonces la historia de un hombre que decidió convertirse en su propio paisaje. Cuando un hombre se transforma en el único paisaje posible de sí mismo es cuando alcanza la forma de la soledad. La soledad como territorio. La soledad como forma alternativa de la geografía y de lo biográfico. Glenn Gould —quien renegaba de toda intromisión en su vida privada— llevó esta pasión a lo exagerado. O lo patológico, según algunos, que citan como ejemplo el hecho de que Glenn Gould abrazó con gracia la oportunidad de escribir la reseña bibliográfica de una de las biografías dedicadas a su propia persona: "George Payzant, el autor de este trabajo, parece decidido a revelar contradicciones en la actitud de Gould y se hace de tiempo para hacer de abogado del diablo, como corresponde. *Todos tenemos una faceta competitiva, incluso el propio Gould. Amigos de su familia recuerdan partidos de cróquet en el césped de su casa de campo que, para el joven Glenn, era desesperadamente importante ganar. En años posteriores condujo potentes automóviles a altas velocidades. Y a veces sus interpretaciones al piano en televisión parecen competitivas, o al menos un tour de force.* A lo largo de su estudio, el profesor Payzant mantiene una objetividad académica impecable. No parece haber habido ningún contacto epistolar ni entrevista entre sujeto y autor. El Gould de Payzant está elaborado con comprensión, aunque con clarividente alejamiento".

Por eso la estudiada composición de personalidades múltiples que desarrolló hasta el mínimo detalle de caracterización y vestuario, incluso en público, en documentales, programas cómicos como sorpresivo actor de reparto y fiestas a las que nunca era invitado (el eduardiano antimodernista Nigel Twilt-Thornwaite, el sensible escocés Duncan Haig-Guinnes, el musicólogo germánico Karlheinz Klopweisser, el inefable taxista bronxiano Theodore "Ted" Slotz son algunas de sus caracterizaciones más recordadas). O su decisión, en 1964, de alejarse definitivamente del circuito de conciertos, por entenderlo como "un deporte de espectadores" y considerar al público como "una fuerza del mal, una manada de voyeurs en el mejor de los casos; o de sádicos, quizá".

Por eso su elección de aislarse en estudios de sonido y de televisión para encarar su vida y desarrollar su obra, a partir de entonces.

Por eso la idea —blasfema para muchos melómanos e intérpretes— de grabar por segmentos, aprovechando las mejores tomas, y no resignarse a la imperfecta espontaneidad de la toma "en vivo".

Por eso, paradójicamente, cuesta poco seguir la vida de Glenn Gould: como si se tratara de meras variaciones en la búsqueda concéntrica de un aria que las reclama hasta anularlas en la perfección del motivo original.

Por eso es casi obvio plantear una semblanza de Glenn Gould a partir de su relación con las *Variaciones Goldberg*, partitura que lo hizo célebre para el mundo en 1955 y en la que reincidió —a modo de sospechada y transparente despedida—, poco antes de su muerte en 1982.

Trabajos manuales

En 1741, Johann Sebastian Bach viajó desde Leipzig a una Dresde que ya no existe. Bach iba a visitar a uno de sus jóvenes discípulos, llamado Johann Gottlieb Goldberg. Su alumno era un empleado del conde Hermann Karl von Keyserling, embajador ruso en la corte de Sajonia, y ya célebre por sus neuralgias, esos terribles dolores que le negaban el sueño y la calma. El conde aprovechó la presencia de Bach para rogarle la composición de una música que lo ayudara a soportar su tránsito insomne por las horas y las sombras.

Bach eligió como tema una pequeña sarabanda que había bocetado quince años atrás, en el *Notenbuch* que obsequió a Anna Magdalena, su joven segunda esposa. Dicen que el conde Keyserling se mostró exageradamente agradecido y recompensó a Bach con cien luises de oro, la mejor paga que jamás recibiría el compositor. No hay testimonios de que el conde haya podido conciliar el sueño arrullado por estas perfectas variaciones de cuna, pero —es seguro— fue una persona más feliz cada jornada en que, con la llegada de las sombras, le pedía al joven Goldberg que ejecutara su *Aria Mit Veräenderungen*.

Glenn Gould siempre tuvo insomnio. Tal vez por eso, no vaciló en apropiarse de las *Variaciones Golderg* hasta convertirlas en algo tan suyo e indivisible de su persona como fue Hamlet para Lawrence Olivier o la lata de sopa Campbell's para Andy Warhol.

"Digamos, por ejemplo, que tuve el privilegio de vivir en una ciudad en que todas las casas estaban pintadas de color gris acorazado. Mi color favorito", escribió Glenn Gould para un documental sobre Toronto, la ciudad donde nació y murió.

"Nací en Toronto, y esta ciudad ha sido mi cuartel general toda la vida. No sé muy bien por qué; fundamentalmente, supongo, es una cuestión de seguridad (...) Toronto pertenece de hecho a la breve lista de ciudades que he visitado y que parecen ofrecer —para mí, al menos— paz de espíritu. Ciudades que, a falta de una definición mejor, no imponen su cualidad de urbe (...) En mi juventud, Toronto era conocida como *La Ciudad de las Iglesias*, y en efecto, los recuerdos más vívidos de mi infancia en relación con Toronto tienen que ver con las iglesias. Con los servicios religiosos del domingo por la tarde. Con la luz de la tarde filtrándose a traves de los vitrales. Con los ministros que concluían su bendición con la frase: *Señor, danos la paz que la tierra no puede dar*. Verán: las mañanas de lunes significaban volver a la escuela, y enfrentarse a todo tipo de situaciones aterrorizantes en la ciudad. Aquellos momentos de refugio del domingo por la tarde se convirtieron en algo muy especial para mí: significaban que se podía encontrar cierta tranquilidad incluso en la ciudad, pero sólo si se optaba por no formar parte de ella. Supongo que debo confesar que ya no voy a la iglesia, pero sí me repito con bastante frecuencia esa frase sobre la paz que la tierra no puede dar; y encuentro en ella un gran consuelo. Creo que lo que hice, mientras viví aquí, fue inventar una especie de vidriera protectora, que me ha permitido sobrevivir a esos peligros de la ciudad, así como sobreviví a las mañanas de lunes en la escuela. Lo mejor que puedo decir de Toronto es que parece no entrometerse en este proceso ermitaño (...). Pero quizá lo vea color de rosa; quizá lo que veo sigue estando controlado por mi memoria, y no es más que un espejismo. Confío en que no, sin embargo; porque, si ese espejismo se desvaneciera alguna vez, no tendría más alternativa que marcharme de la ciudad".

Glenn Gould había nacido el 25 de septiembre de 1932 en Toronto. Desde el principio —desde antes del principio— se supo que su vida estaría ligada a la música. Su madre no vacilaba en afirmar a todo aquel que se le acercara que el hijo que llevaba en sus entrañas "se llamará Glenn y será un pianista de fama universal".

El padre de Glenn Gould recuerda: "Los dedos de Glenn no dejaron de moverse desde que cumplió los tres años. Parecían estar ejecutando sin respiro una escala o buscando una fórmula invisible, o algo parecido. El doctor nos advirtió por aquel entonces que nuestro hijo iba a ser físico o pianista".

Lo cierto es que, para aquella calurosa y húmeda mañana de junio de 1955 en que Glenn Gould se aprestó a grabar por primera vez las *Variaciones Goldberg* —en la vieja capilla presbiteriana convertida en estudio por la Columbia, en el 207 de la 30th. St. de Toronto—, el productor Howard Scott recuerda que "Gould entró envuelto en un pesado abrigo que ocultaba su chaqueta de tweed y su sweater. Una gorra de cazador cubría casi la totalidad de su cabeza y su rostro estaba envuelto por una larga bufanda de lana. Arrastraba consigo una silla con las patas recortadas, a la que le faltaba el asiento, y un bolso del que procedió a extraer, con su mano enguantada, una impresionante cantidad de frascos con pastillas y la partitura de las *Variaciones Goldberg*".

Pastillas: Valium, Phenobarbital, Trifluoperazine, Librax, Aldomet, Clonidine, Indocin, Hydrochlorothiazide, Fiorinal, Gravol, Allopurinol, Phenylbutazone.

Glenn Gould también consumía cantidades industriales de ketchup.

Nadie sabe con exactitud por qué el joven Glenn Gould eligió una pieza tan poco convencional para encarar su debut discográfico. Se sabe, sí, que fue un acierto: se convirtió en el disco de música clásica más vendido de 1956 y mantuvo desde entonces un lugar de preferencia en los catálogos de la discográfica Columbia.

Glenn Gould nunca explicó del todo su elección, del mismo modo que nunca se explicó a sí mismo el origen de su talento. Consideraba toda hora de práctica ante el piano "una pérdida de tiempo" y, cuando sus escasas amistades lo interrogaban acerca de su genio, o su facilidad para memorizar conciertos enteros en cuestión de minutos, o su revolucionaria relación con ese instrumento —que ejecutaba como si se aferrara al borde de un abismo—, Glenn Gould cambiaba de tema y perdía por un rato su sonrisa fácil y su humor absurdo.

Uno de los amigos de su infancia recuerda que "al final de un concierto le pregunté si había algo que le costara tocar y me contestó que, bueno, en realidad, no. A veces, para que fuera un poco más emocionante, se negaba a mirar el campo de batalla —así llamaba al teclado— al tocar, pero estoy seguro de que nunca llegó a saber cómo producía tales resultados. Decía, por ejemplo, que no podía enseñar. Nunca quiso pensar en los aspectos analíticos de la ejecución del piano. Odiaba todo eso. No sabía cómo conseguía todo eso que brotaba de sus manos, de sus dedos; sólo sabía que podía hacerlo. Y lo hacía. Glenn se atrevió a ser él mismo. Supo leer el futuro y vio que la tecnología estaba cambiando al mundo, y pensó que la música tenía que *cambiar* junto con los progresos tecnológicos. Había que encontrar un camino, un método... Veremos qué dice el futuro. Por ahora tenemos que resignarnos y esperar. Glenn estaba adelantado a su época. Veremos qué dicen de él en el 2000 o en el 2010. Para entonces, tal vez lo hayamos alcanzado".

"Está loco; es un genio", dicen que afirmó el director de orquesta George Szell en algún momento de los '50, cuando Glenn Gould ya era moneda corriente en una docena de lenguas y en la pluma de todos los críticos.

"El dilema Gould no ha sido resuelto. El dilema Gould continúa con nosotros", comienza el excelente documental que le dedicó su amada televisión canadiense.

Lo cierto es que el dilema Gould no será resuelto nunca, porque pertenece a esa raza en extinción —pero siempre poderosa— de dilemas viejos como el mundo: los misterios del arte, la condición del artista como entidad solitaria e incomprensible. Los riesgos de esta clase de dilemas implican el aislamiento y la mitificación fácil.

De acuerdo, Glenn Gould era un excéntrico y un personaje apasionante. Están los que, con cierta razón y algo de malicia, lo señalan como "el pianista favorito de aquellos a quienes la música clásica no les interesa demasiado". Lo cierto es que Gould se las arregló para conseguir lo aparentemente imposible: retirado de los fastos y oropeles del concertista internacional siempre en gira, e incluso superando el interés despertado por sus numerosas grabaciones, la figura de Glenn Gould trasciende lo estrictamente musical y crece a personaje inolvidable. De ahí que cualquiera de sus muchas biografías (*Piano Solo*, de Michel Schneider; *Glenn Gould: A Biography*, de George Payzant; y —especialmente— *Glenn Gould: A Life in Variations*, de Otto Friedrich); su *cameo* en una novela de Thomas Bernhard llamada *El Malogrado*; sus innumerables programas para televisión; el docudrama experimental sobre su vida llamado *Thirty Two Shorts Films About Glenn Gould*; así como la impresionante edición en libro que hizo Tim Page de sus *Critical Works* (donde puede encontrarse una pieza donde "Glenn Gould entrevista a Glenn Gould sobre Glenn Gould", una perceptiva demolición de los escritores Kurt Vonnegut y J.D. Salinger, o una sorprendente apología de la actriz y cantante inglesa Petulah Clark), todos y cada uno de los textos de y sobre Glenn Gould se lean como perfectas y apasionantes ficciones, donde el protagonista se hunde en la niebla, desaparece, y sólo queda el eco de su voz diciendo: "Un artista sólo puede trabajar verdaderamente en la soledad. No sé cuál sería la buena proporción, pero siempre he tenido una especie de sospecha según la cual, por cada hora transcurrida en compañía de otro ser humano, son necesarias x horas en soledad. Pero no sé qué representa esta x, quizá dos y siete octavos, o siete y dos octavos... Sólo sé que es una proporción sustancial."

Trabajos manuales

Glenn Gould tenía pocos amigos. Nadie le conoció amantes. Pero, ah, ¿fueron benditos o malditos aquellos pocos que recibían sus incesantes llamadas larga distancia en el centro mismo de la noche?

(Es una verdadera lástima, piensa Forma, que Glenn Gould haya muerto antes de la era del inalámbrico, del celular, del *touchtone* y del *redial*. Una verdadera lástima. Glenn Gould hubiera amado los teléfonos última generación.)

Glenn Gould llamando a una u otra de esas pocas personas, desde una casa a oscuras, en las afueras de una ciudad llamada Toronto, en un país llamado Canadá —el país con más teléfonos per cápita en el mundo, vale aclarar.

Glenn Gould llamando desde el Norte, desde la *Idea del Norte*, desde ese punto de fuga donde terminaban convergiendo todas las voces y todos los sonidos que escuchó y comprendió por primera vez cuando tenía seis años, y volvía en auto de un concierto de Josef Hofmann. "Lo único que en realidad recuerdo es que, en ese estado de duermevela, se me aparecieron todos esos sonidos, llenando mi cabeza, y era yo quien los reordenaba para conducirlos."

Glenn Gould cantándole a las vacas pastando fuera de la casa de su infancia, "una audiencia tan atenta como nunca he encontrado".

Glenn Gould entonando Mahler a los gritos a los elefantes del zoológico.

Glenn Gould dirigiendo orquestas imaginarias en el centro del lago Simcoe.

Glenn Gould descubriendo que Bach sonaba mejor si se lo ejecutaba con una aspiradora encendida y un disco de los Beatles a todo volumen en la misma habitación.

Glenn Gould siendo multado una y otra vez por conducir automóviles en zigzag mientras pretendía alentar a una sinfónica fuera de este mundo.

El Anecdotario Gould no ha sido agotado, al igual que el Dilema Gould no ha sido resuelto. Se los intuye, a ambos, como algo mucho mayor que la autopsia de una misantropía inspirada, o la estética de una soledad poblada de milagros —milagros que perseguían a Glenn Gould desde el momento de su nacimiento, desde la inauguración de su oído absoluto.

Tal vez por eso —porque todo le resultaba demasiado sencillo— se había prometido un desafío peligroso: a los cincuenta años exactos, anunciaba a todo aquel quien quisiera escucharlo, iba a cambiar el Steinway por una Remington. Iba a dejar la exactitud de la música para adentrarse en los inexactos senderos de la novela. Tal vez así entendiera —¿quién sabe?— las idas y venidas de un personaje llamado Glenn Gould, un personaje que no vacilaba en entrevistarse a sí mismo de la siguiente manera:

g.g.: Señor Gould, tengo entendido que le adjudican una reputación de... disculpe la brusquedad, pero de... hueso duro de roer en lo tocante a entrevistas.

G.G.: ¿De verdad? Nunca he oído tal cosa.

g.g.: Bueno, es la clase de rumor que las personas de los medios de comunicación recogemos de fuente en fuente. Pero quiero asegurarle que estoy totalmente dispuesto a retirar cualquier pregunta con la que no esté de acuerdo.

G.G.: Oh, no me cabe en la cabeza que haya ningún problema de ese tipo que pueda inmiscuirse en nuestra conversación.

g.g.: Sólo para despejar el ambiente, entonces, permítame preguntar sin rodeos: ¿Hay alguna zona prohibida?

G.G.: No se me ocurre ninguna... aparte de la música, por supuesto.

Glenn Gould tiene ocho años cuando ve por primera vez la película *Fantasía*. Según escribió en un largo ensayo sobre Leopold Stokowski: "Odié cada minuto de ella".

Lo que lleva a la tentación de explicar semejante odio al episodio del Aprendiz de Brujo y a esa firme intención de confundir el orden establecido de las cosas; lo que lleva, a su vez, a relacionarlo con la negativa de Glenn Gould a dar conciertos después de 1964.

Sería inútil construir una teoría que explique su conducta de *a*) encarar la grabación de sus discos como si se tratara de teoremas matemáticos, y *b*) de perderse y encontrarse en extraños documentales sónicos de su autoría, donde las voces se superponen como si se tratara de escobas, baldes y cascadas de agua.

Glenn Gould explica los motivos en "Stokowski en Seis Escenas", publicado en varias entregas por el *Piano Quarterly* entre 1977 y 1978:

"Veo los colores con malos ojos desde niño; todavía me ocurre. El gris acorazado y el azul medianoche son mis colores preferidos (...) Cuando tenía ocho años, mi idea de una película era la de algo con argumento, preferiblemente un argumento con tema bélico. Mis películas favoritas tenían cruceros alemanes asomando, torvos y grises, entre los bancos de niebla de los fiordos noruegos, listos a atacar algún desventurado destructor británico (...) En cualquier caso, mis padres me informaron que me llevarían a ver *Fantasía*, que era en colores, y con música, y que escucharía a uno de los mejores directores de orquesta del mundo. Por aquel entonces sólo había visto una película en colores —*Blancanieves*— y no me había impresionado demasiado. Todo el mundo sabía que las películas buenas de verdad —las que tenían complots, y agentes enemigos, y cruceros alemanes— eran en blanco y negro. (...) No estaba preparado para esos hipopótamos rosas, dinosaurios verdes y volcanes escarlata. Volví a casa deprimido, ligeramente descompuesto, con náuseas y el primer dolor de cabeza que puedo recordar. Dije a mis padres que no quería cenar y me fui a la cama, esperando librar mi mente de ese horrible motín de colores. Intenté imaginarme cerrando la escotilla de alguno de esos submarinos grises y sumergiéndome en las aguas azul medianoche del Atlántico norte".

g.g.: En cualquier caso, sólo me quedan unas cuantas preguntas que hacerle, de las cuales, supongo, la más pertinente sería: ¿Le interesa alguna otra carrera?

G.G.: He pensado a menudo que me gustaría ser un convicto en prisión.

g.g.: ¿Considera *eso* una carrera?

G.G.: Por supuesto. Entendiendo, desde luego, que sería totalmente inocente de todas las acusaciones formuladas en mi contra.

En el aparente abrazo al caos que regía su vida, Glenn Gould siempre había podido verse a sí mismo allá adelante, en el futuro, y así definía sus próximos movimientos. Pero también aseguraba que no veía nada más allá de sus cincuenta años.

Trabajos manuales

Los que estuvieron durante la segunda grabación de las *Variaciones Goldberg* —en el mismo estudio de la Columbia, veintiséis años más tarde— recuerdan su entusiasmo por "haber descifrado la correspondencia aritmética entre las partes, ausente en la primera grabación". Como si ya presintiera el fin de sus días, Glenn Gould definió su nueva aproximación a las *Variaciones Goldberg* como "una suerte de reposo otoñal"; la oportunidad de maravillarse —después de tanta velocidad digital y pirotecnia virtuosa— ante "el descubrimiento de la lentitud".

Los 38 minutos y 27 segundos de la versión original insumían ahora 51 minutos y 15 segundos; y en cada uno de ellos su voz —tarareando, murmurando la melodía— se oía más clara que nunca. Los que estuvieron allí, en la pecera del estudio de grabación, donde el sonido se convierte en nítido impulso eléctrico, recuerdan: "No pudimos contener las lágrimas cuando alcanzó los últimos compases... Comprendimos, no nos pregunten cómo, que la primera versión era la vida y ésta era la muerte. Glenn se estaba yendo lejos y se despedía de nosotros. Parecía terriblemente feliz... Como si hubiera descifrado finalmente el misterio de sus días y despejado el camino hacia la santidad".

Y, claro, todos los santos están solos.

G.G.: Creo que el arte debe recibir la oportunidad de desaparecer gradualmente. Debemos aceptar el hecho de que el arte no es inevitablemente benigno, de que es potencialmente destructivo. Debemos analizar las áreas donde tiende a hacer menos daño, utilizarlas como guía e incorporar en el arte un componente que le deje presidir su propia caída en desuso...

g.g.: Mmmm...

Glenn Gould siempre sostuvo que el objetivo final del arte era la pausada construcción de un estado de perfecta maravilla y serenidad donde desvanecerse. Su propósito inmediato —escribió en alguna parte— sería esencialmente terapéutico, hasta alcanzar la posibilidad de desaparecer, como forma, en el espacio. Sus *liner notes* para la primera versión de las *Variaciones Goldberg* no hacen sino anticipar este concepto, cuando —al definir el carácter de la partitura en cuestión— consigue en realidad la más acabada descripción de la forma de sus días en el planeta: "Es, en pocas palabras, una música que no observa final ni principio; una música que carece de clímax y de resolución real; una música que, como los amantes de Baudelaire, descansa levemente en las alas del viento *desenfrenado*. Y que, como ocurre tan raras veces en el arte, se nos revela aquí en la visión de un diseño subconsciente triunfando sobre la cumbre de la potencia".

g.g.: ¿Alguna cosa más?

G.G.: No, creo que no. Ah, sí: si no le importa, cuando salga apague la música, por favor.

Glenn Gould murió el 4 de octubre de 1982, después de un fulminante derrame cerebral que lo llevó a un coma, del que retornó —apenas por unos instantes— para incorporarse en su lecho de enfermo y conducir una orquesta imaginaria, ante la mirada sorprendida de familiares e íntimos que se habían reunido para llorarlo.

Su cuerpo fue enterrado en el cementerio de Mount Pleasant. Pero Glenn Gould no está allí, claro. Glenn Gould se las arregló para orquestar, en 1977, la más espectacular de todas sus escapadas.

Una fuga es el proceso que tiene que ver sólo con sí mismo, que no es capaz de ninguna evolución fuera de su órbita y —al no conocer un final— es infinito. Glenn Gould era exactamente así; abierto a cualquier descubrimiento, aventura o experimento.

En este mismo instante, y por el próximo billón de años, en dos submarinos espaciales color gris acorazado, flotando en el eterno azul medianoche del espacio, hay un par de discos dorados que contienen —junto con la voz de James Carter anunciando: "Este es un pequeño obsequio desde un mundo distante"— los hermosos sonidos de este terrible planeta: risas, trenes, ballenas, volcanes y —casi al final del regalo— el *Preludio y Fuga en Mi Mayor* del primer libro del *Das Wohltemperierte Klavier* de Johann Sebastian Bach, interpretado por Glenn Gould.

Ambos discos se encuentran insertados en las tripas de las naves Voyager I y Voyager II, cuya trayectoria preestablecida los llevará más allá de Júpiter, Saturno y Plutón; más allá de toda frontera conocida.

Alguna vez, Glenn Gould le confió a Leopold Stokowski la trama de un sueño que venía persiguiéndolo con inflexible disciplina desde un tiempo atrás: "Sueño que se me brinda la oportunidad —y la autoridad— de impartir, en otro planeta, tal vez en otra galaxia, mis sistemas y mi forma de entender la vida a las formas inteligentes que allí encuentre. Y que ellas me reciben felices, y me escuchan y me entienden... Y yo siento, después de tanto tiempo, que he regresado a casa".

La Forma del Aeropuerto

Una cosa es cierta: a Forma le gusta escribir sobre aeropuertos. O, por lo menos, le resulta cómodo escribir sobre aeropuertos, a la hora de subirse a una nueva historia.

El aeropuerto como punto de partida, como base de lanzamiento de la ficción. Todos a bordo, vamos a despegar.

Pero, ¿qué es un aeropuerto? Un aeropuerto tiene que ser algo más que la excusa para que Bruce Willis vacíe un cargador tras otro de su revólver; para que Bullit alcance a su presa; para que George Kennedy vuelva a ser testigo —¿alguna vez alguien se dará cuenta de que él es el verdadero culpable, el factor común que dispara tanto accidente en la serie de películas *Aeropuerto*?—, de que vuelva a ser resignado testigo de una catástrofe aérea que involucra a varias luminarias del cine en picada hacia un final más o menos feliz.

Una posible y cómoda definición: el aeropuerto es aquel lugar que se yergue entre uno y el avión.

Es también aquel lugar que se yergue entre el avión y el placer o los negocios turbios; o entre la turbulencia del azar y el desarrollo de la historia.

El aeropuerto *es*.

El aeropuerto no necesita pensar para existir.

El aeropuerto funciona como prólogo o como epílogo.

Forma se acuerda de esos mensajes en las paredes de los aeropuertos en el cuento llamado "Mene, Mene, Tekel, Upharsin", de John Cheever. El protagonista —horrorizado— presentía y renunciaba a la lectura de una trama escrita aquí y allá, en paredes de baños de aeropuerto de todas partes.

Lo cierto es que Forma es feliz en los aeropuertos.

En Heathrow, especialmente.

Heathrow le gusta más que el Sherementyevo, que el Halim Perdanakusuma, que el de Medellín, que los círculos del Fiumicino, que la modernidad demodé del Charles de Gaulle.

Heathrow —ahora que lo piensa— le gusta más que Londres.

Su orden modular de ciudad que apunta hacia los cielos, sus pequeños micros uniendo un edificio con otro, apenas interrumpidos por la presencia de una capilla donde rezan, seguro, los pilotos y los ángeles, antes de desplegar sus alas.

Forma recuerda la primera vez que se plantó —cuatro horas antes de trepar a los cielos— bajo la cúpula catedralicia de la nave principal de Heathrow, apenas unido a la tierra por el peso de una valija liviana. Entonces fue feliz.

Esa misma tarde y en ese mismo lugar, compró —en una de las librerías del aeropuerto— un ejemplar de *Campos de Londres* de Martin Amis.

Forma cree recordar que Heathtrow aparecía bastante en *Campos de Londres*. Fue entonces cuando se le ocurrió la idea para una novela que nunca escribió y que probablemente nunca escriba. Una novela llamada *Los Misterios de Heathtrow* —como *Los Misterios de París*, como *Los Misterios de Barcelona*, como uno de esos folletines amarillos de años—, donde se contaría la historia de un niño abandonado por sus padres en el umbral del aeropuerto de Heathrow.

La novela —de proporciones inequívocamente dickensianas— se ocuparía de la vida y obra de este moderno Robinson Crusoe entre valijas. De su éxito al descubrir a un terrorista libanés. De su fugaz romance con una azafata nórdica. De sus hábitos culinarios en los restaurantes y bares y máquinas expendedoras. De sus incursiones bajo la nieve —entre un módulo y otro, entre los muchos y diferentes mundos del universo Heathtrow— hasta subirse a un avión y pilotearlo lejos de allí. Lejos de ese mundo que lo vio crecer esperando el momento del vuelo definitivo, de la fuga final.

A partir de ahí —recuerda Forma—, no supo muy bien qué hacer.

¿Cómo terminar una historia así?

¿Con una catástrofe aérea —el avión del protagonista estrellándose como una polilla contra las luces de Heathrow?

¿O con la posibilidad de un milagro —un vuelo amable por encima de la tormenta y la promesa de una dulce pista de aterrizaje en el continente, donde aguardaría la azafata nórdica ya mencionada?

Forma descubrió —y vuelve a descubrir ahora— que, fuera del aeropuerto, la historia pierde toda gracia: porque el aeropuerto es el verdadero protagonista.

Ahora Forma mira fijo el exhibidor de postales en una de las tantas librerías de Heathrow.

Satinadas reproducciones: verdes praderas escocesas y brumosos páramos capturados por Turner. Cuatro caminantes haciendo célebre un paso de cebra de Abbey Road. Una silla Mackintosh en impecable blanco y negro. Y, justo a la altura de los ojos de otro pasajero que curiosea en esa librería —un hombre joven de traje verde y mirada triste—, esa postal con la fotografía de James Dean, el rostro desapareciendo dentro de su sweater. Es la última que queda. Las postales de James Dean —como las de Marilyn, como las de Elvis— siempre son las más vendidas, incluso en los aeropuertos.

Trágame sweater, parece pensar el hombre joven de traje verde y mirada triste.

Forma aprovecha esa inmovilidad para quedarse con el último James Dean. A Forma a veces le sorprende su perversa agilidad para concretar este tipo de maniobras. Unas pocas monedas —el cambio chico que siempre se deja en los aeropuertos, como si fuera una ofrenda—, y el último James Dean es suyo.

Entonces se oye esa voz de enano políglota, que invita a los pasajeros a embarcar.

Forma guarda la postal virgen dentro del sobre y la desliza en un bolsillo interior de su saco y decide olvidarla. Antes de ingresar en la manga que lo llevará al avión, Forma dedica una última mirada a su aeropuerto preferido. No le sorprende demasiado descubrir al hombre de traje verde y mirada triste, todavía frente al exhibidor de postales, inmóvil como un maniquí, perdedor y perfecto como sólo los verdaderos desafortunados de este mundo pueden serlo.

Más tarde, ya en el mapa inexacto de los cielos, Forma recordará el instante preciso en que se acercó al hombre de traje verde y mirada triste y, sin decir una palabra, sin ofrecer explicación alguna, le entregó, con partes iguales de generosidad y egoísmo, la estúpida cartulina en blanco y negro con el estúpido James Dean oculto dentro de un estúpido sweater.

Más tarde —hay tiempo suficiente allá arriba—, Forma pensará en una historia sin aviones ni aeropuertos, una historia que transcurra en cualquier otro lugar, mientras compagina la hora de su reloj terrestre con la hora de las nubes.

LA FORMA DE LOS ELEMENTOS

*Existe seguramente un fragmento
de divinidad en nosotros,
algo anterior a los elementos que no
le debe homenaje alguno al sol.*

Sir Thomas Browne

La Forma del Aire

"En aquel entonces, todavía era posible hablar de cielos azules; de un azul sin límites ni leyes. Era por amor a ese azul, y no por amor a banderas o países, que nos aferrábamos de las nubes con la misma pericia e inocencia con que otros se cuelgan de una rama y levantan sus piernas y se balancean para sentir la indescriptible sensación de estar en el aire."

La voz del viejo introduciéndose en la cinta del grabador de Forma es —ahora que lo piensa— tan azul como sus ojos o el cielo que sus ojos evocan. No es su grabador, en realidad. Es un grabador que le prestaron para la entrevista.

El viejo mira hacia arriba. Mira hacia el cielo hecho de aire.

El viejo es un monstruo certificado. Un hombre que no debería estar aquí. El viejo no tiene nada que hacer en este humilde aunque elegante chalet en las afueras de una ciudad llamada —por esta vez— Buenos Aires.

El viejo pertenece a otro tiempo y otro lugar. A la Alemania Nazi, para ser más precisos. La Luftwaffe, para ser más precisos todavía. El orgullo volador del Tercer Reich en los cielos, en el aire desbordando las banderas que el viejo ahora niega, ahí, en el aire de su memoria.

El viejo se apresura a aclararle a Forma: "A nosotros no nos caía bien Hitler. Teníamos perfectamente claro que no habría lugar para el Führer en un verdadero Nuevo Orden. Y ya teníamos planeado lanzarnos sobre él en la primera oportunidad que se presentara. A ver si nos entendemos: yo lloré en los funerales de Rommel y en la noche que el bueno de Hans Jeschonnek apuntó una Luger a su sien en la oficina del cuartel general. También juré venganza junto a mis compañeros el día que la Luftwaffe pasó a ser responsabilidad de Speer. Eran tiempos duros. 1944. Ya todo estaba perdido; sólo quedábamos nosotros: un puñado de jóvenes amantes del aire que soñaban con un mundo mejor, con vivir en el aire y sólo bajar para reponer combustible y mujeres. ¡Milch, Galland, Mölders, dueños de las nubes, los saludo!".

Forma mira fijo su grabador. Cuando el sujeto de una entrevista parece aproximarse a los bordes del descarrilamiento, Forma siempre se concentra —casi como una cábala— en la cinta que avanza ajena a todos los problemas y a toda la locura de los hombres.

"Sí, usted debe pensar que yo estoy loco. Que todo lo que le conté por teléfono eran delirios seniles de un hombre que ha vivido y volado demasiado hasta resignar su destino a furias y bacantes y walkirias. Pero en serio, escúcheme, yo maté a Antoine de Saint-Exupery. Era una hermosa mañana de julio de 1944, sobre la isla de Córcega. Reconocí enseguida su patético Ligthing P-388 número 233. Todo coincidía con los datos de nuestra Inteligencia. Me separé de los míos y casi vacié mis cargadores y lo vi caer y desaparecer en las azules aguas del Meditarráneo.

Hace poco leí que localizaron su avión y se programaban homenajes y expediciones de rescate. Pueden hacer lo que se les antoje, ahora. Lo cierto es que para nosotros no había lugar en el Nuevo Orden para el cretino de Saint-Ex. No había sitio para alguien que creía que la función primordial de un piloto de avión era andar dibujando corderos por ahí. Ese hombre nada tenía que hacer en el aire. Y todo aquel que es indigno del aire debe bajar o, si se resiste, ser bajado."

Forma mira hacia arriba, hacia el cielo que comienza a oscurecer y a dibujar formas y colores que sólo aparecen en el momento exacto en que el día calla para dar lugar a los primeros parlamentos de la noche.

Forma recuerda un fragmento de una carta de T.E. Lawrence a Charlotte Shaw, donde le confía la idea de un libro que se llamaría *Confesiones de Fe*. Un libro que se ocuparía de la entrada del hombre en "ese elemento reservado: el aire... Ese es en realidad el objetivo de mi generación".

La tentación de citar a Lawrence dura lo que demora en abrirse un paracaídas. Mejor mantener la boca cerrada y los alerones atentos. El aire se puebla de un rumor de aviones que no están ahí y el viejo sigue hablando con inconfundible voz de Messerschmitt 262.

"Lo que me lleva a aquel frío diciembre de 1944. Sólo un imbécil cruzaría el Canal de la Mancha en un Norseman de un solo motor con semejante niebla. Sabiendo que él era un imbécil me dispuse a esperarlo. Porque fui yo. Sí, yo otra vez; y mejor que olvide todos esos rumores. Que el hombre fue sorprendido por un marido celoso en una cama que no le correspondía... O que la onda expansiva de las bombas descartadas para poder aterrizar por un escuadrón de la RAF lo hicieron precipitarse a las frías aguas... No, amigo, yo también maté a Glenn Miller. Usted se preguntará qué peligro implicaba para el Nuevo Orden un hombre que parecía tan simpático. A lo que yo le respondo con otra pregunta: ¿ha escuchado usted alguna vez *Pequeña Jarrita Marrón*? Es una infame melodía germana que ese monstruo americano se proponía llevar a la popularidad. Debo reconocer, con dolor y furia, que lo consiguió, aun después de muerto. Pero al menos no pudo escapar a su castigo. Dicen que el idiota hablaba todo el tiempo de su temor a morir en un accidente aéreo. Debería haberle hecho caso a su intuición y no a su trompetita. Hay que ganarse el derecho de estar ahí arriba, de quebrar la voluntad de Dios y de destronar a estrellas y aves... Lo que me lleva a ese Richard Bach. Creo que es piloto profesional y escribió otro de esos libritos infames que se meten con lo que no corresponde..."

Juan Salvador Gaviota, piensa Forma, pero no lo dice.

"Pero, ya es suficiente. Empieza a hacer frío. Mejor entremos al galpón, así le muestro mi Föcke-Wulf 191. Lo reconstruí yo mismo, pieza por pieza. Si el tiempo es bueno, hasta podemos dar una vuelta por ahí arriba, por los aires de Buenos Aires".

A esta altura de la entrevista a Forma ya ni siquiera le sorprende que exista una pista de aterrizaje en los fondos del terreno, más allá de las hamacas donde flotan dos nietos rubios y rosados.

Primero es el placentero terror de la aceleración y del suelo convirtiéndose en algo prescindible y tonto. La conversación metálica de los instrumentos que apenas sirven para certificar la obviedad de ya no ser parte de este mundo.

Entonces vuelan. Están en el aire.

Forma y el antiguo guerrero apretados en un sitio donde Dios nunca quiso que el hombre estuviera. Sintiendo la vibración del fuselaje contra su cuerpo y las carcajadas teutonas rebotando aquí y allá, en el eco de las alturas, en la oscuridad gobernada por pilotos en trajes dorados, montando aviones grandes como elefantes, por las montañas hechas de nubes.

Forma es feliz porque es parte del aire. Forma tiene miedo porque está en el aire, en ese lugar donde la imaginación se permite triunfar sobre la tierra, donde reina la locura y el caos.

Aun así, cuando se lleva la mano a la cara, a Forma no le cuesta identificar la más aerodinámica de las sonrisas.

Ser parte del aire es ser parte del más grande de los paisajes, parte del todo, y a Forma le gustaría creer que llevan combustible suficiente para alcanzar a ver la mañana abriéndose como una navaja y ellos ahí arriba negando el alarido de la gravedad allá abajo.

A Forma le gustaría creer que sobrevolarán jardines de infantes y que todos los niños alzarán los ojos y los señalarán con sus pequeños dedos mientras dan pequeños saltos. Ecos distantes de saltos más altos, saltos que llegarán con el paso del tiempo. En los cielos de Buenos Aires, todos saltan y él también.

Forma recuerda y recita unas palabras de Simone Weil, como una plegaria, como un homenaje a todos aquellos desparecidos lejos de la tierra: "No podemos dar un solo paso hacia los cielos. No está en nuestros poderes el viajar en dirección vertical. Sin embargo, si miramos hacia los cielos por un largo tiempo, Dios baja a buscarnos. El nos eleva fácilmente".

Y siguen subiendo y Forma ahora escucha las carcajadas del viejo, aferrado al timón como si fuera parte de la nave.

Y, al aceptarse como parte del aire, Forma entiende el rugido de los motores como una canción de cuna, diciéndole *dulces sueños, dulces sueños... bienvenido a casa después de tanto tiempo.*

La Forma del Fuego

Quince lunas más tarde, la Biblioteca de Alejandría continuaba ardiendo como la primera noche. La noche en que los soldados del orgulloso César arrojaron antorchas sobre manuscritos tan viejos como el mundo.

Con el tiempo —cree Forma— la Biblioteca de Alejandría se consagró como una de las intangibles siete maravillas del mundo.

Dicen que el gran simio King Kong —vertiginoso poseedor de un destino tan trágico como el de la Bilioteca— fue la octava maravilla.

La Biblioteca volvió a arder en el 390 y en el 641, cuando el pérfido califa Omar hizo cenizas de los estantes sobrevivientes.

No conforme con haber descubierto el fuego, el hombre insistió hasta descubrir que el fuego era especialmente útil cuando se trataba de quemar libros, porque —después de todo— Dios había dejado de hablarle al hombre una vez que éste cometió la osadía de ponerlo todo por escrito, en las páginas de la Biblia.

El torrencial dominico Girolamo Savonarola —recuerda Forma— ordenó a miles de niños florentinos que secuestraran volúmenes teóricamente impíos y que los apilaran para su purificación en la Piazza della Signoria. La pirámide de letras e historias pronto alcanzó los cincuenta metros de altura y ¿cómo olvidar a ese viento caliente que corrió por las calles de Florencia? ¿Cómo no llorar por tanta ciencia y tanta ficción consumiéndose en el oxígeno de esa noche maldita?

Las mujeres florentinas perseguían papeles en llamas que se colaban por sus ventanas amenazando el sedoso sueño de las cortinas; y así fue como una de esas chispas se demoró un año en alcanzar los hábitos del mismo Savonarola, que ardió como un libro —por orden del papa Alejandro VI— delante de todos aquellos que habían padecido su sonrisa satisfecha ante el fuego de las palabras.

El que a fuego mata a fuego muere. Forma todavía recuerda la carcajada de Hitler y el grito silencioso de Kafka (quien le había pedido fuego a Max Brod), y de Freud, y Einstein, y Zola haciéndose humo durante los fuegos de Berlín y Nüremberg, esperando que el mismo Hitler fuera parte de ese humo negro de donde no hay retorno.

Por encima de los calendarios, los libros siguen ardiendo.

Los libros siguen despertando el temor de los culpables.

Los hombres siguen encendiéndolos con el mismo entusiasmo que en aquellas tórridas noches egipcias. Y a Forma se le hace difícil olvidar ese agente del orden quien —después de una rápida autopsia a las biblioteca de sus padres, durante una noche de los '70— se inquietó ante el potencial subversivo de un libro llamado *La Revolución del Surrealismo*.

Trabajos manuales

El 16 de noviembre de 1973, el escritor norteamericano Kurt Vonnegut escribió una carta a Charles McCarthy. Charles McCarthy —director de escuela en Drake, Dakota del Norte— había ordenado la quema pública de varios ejemplares de la novela *Matadero 5* de Kurt Vonnegut. La carta en cuestión finalizaba con un indignado: "Ciertos miembros de su comunidad han sugerido que mi obra es maligna. Eso me resulta extraordinariamente ofensivo. Las noticias que me llegan desde Drake parecen indicar que los escritores y los libros son irreales para la gente de allí. Una vez más: usted me ha insultado, y yo soy un buen ciudadano, y soy muy real".

Pero la ironía y la buena educación son agua insuficiente a la hora de tanto fuego. ¿Cómo apagar, si no, aquel "era un placer quemar" que arde en la primera página de *Fahrenheit 451*? ¿Cómo evitar la terrible seducción de la fábula que Ray Bradbury ubicó en un futuro indeterminado donde la adicción a la máquina y el desprecio por la lectura serían gestos cotidianos?

Cualquiera que ame los libros conoce el dolor que significa extraviarlos. El espanto del fuego es, por lo tanto, intolerable.

Y, si bien se puede convivir con la idea de la mortalidad propia, el asesinato de un libro parece definitivo e imperdonable. Como citó Borges: "El mundo, según Mallarmé, existe para un libro; según Bloy, somos versículos o palabras o letras de un libro mágico, y ese libro incesante es la única cosa que hay en el mundo: es, mejor dicho, el mundo".

Ese mismo mundo del que se huye cada vez que se puede.

Rodrigo Fresán

Se huye cabalgando páginas tan ajenas como propias sobre los corceles fugitivos de las pupilas mientras, en las espaldas, todavía arde la Biblioteca de Alejandría y el aire caliente llora el irrespirable perfume, el pérfido aroma que se come el oxígeno y la tinta, en nombre de la estupidez de un hombre de fuego.

La Forma de la Tierra

Claro que todo esto ocurre cuando todo ha terminado. Al final del sueño, tiempo después de concluido aquello que, en los manuales de historia, responde al nombre de *Era Espacial*.

Todas y cada una de las noches, Forma entra al Orbit con la ansiedad de aquel que ha resignado —por imposible— su vocación. Con la inútil esperanza de aquel que sabe que ya nunca será astronauta.

Diez años atrás llegó la respuesta al ingenuo mensaje del Voyager. En inapelables mayúsculas que, al ser traducidas en inolvidables y felices noches de Cabo Kennedy, resultaron en un doloroso: POR FAVOR, TERRESTRES, TENGAN A BIEN ABANDONAR LOS CAMINOS DEL ESPACIO. NO SON BIENVENIDOS AQUI. NO NOS INTERESAN. NUNCA NOS INTERESARON Y ESA SELECCION DE MUSICAS Y RUIDITOS DE VUESTRO PLANETA QUE TUVIERON A BIEN ENVIARNOS NOS PARECE DE PESIMO GUSTO. MAS BIEN PATETICA. HASTA NUNCA. NO VOLVERAN A SABER DE NOSOTROS. PUEDEN QUEDARSE CON LAS PIRAMIDES Y LAS ESTATUAS DE LA ISLA DE PASCUA.

Por eso —para alguien que sabe que nunca verá la Tierra desde afuera, por más que encare con disciplina de náufrago el duro entrenamiento de los astronautas de entonces— el Orbit es lo más parecido al espacio exterior al nivel del mar.

El Orbit es un bar oscuro y apretado como una cápsula lunar, adonde vienen los sobrevivientes: los últimos astronautas que quedan. Los últimos hombres con cara de astronauta. A Forma siempre lo maravilló la idea de que exista una *cara de astronauta*, más allá de los credos y de las razas. *Todos* los astronautas tienen cara de astronauta. Rostros casi vacíos, los rasgos trazados por ese lápiz que se utiliza para los bosquejos de mapas remotos. La luz siempre parece alumbrar indirectamente los rostros de los astronautas. Luz prestada. Luz de luna.

Aquí están todos los héroes de Forma. Aquí están: preparados para resistir la aceleración etílica de la barra del Orbit.

El norteamericano que asegura haber visto a Jesús caminando descalzo por la superficie de la Luna. El ruso que todavía escucha el desesperado llamado de su compañero, girando para siempre en el espacio, cada vez más lejos, cuerpo celeste en el azul oscuro. El hindú que no recuerda nada.

El hindú es su favorito. Forma se acerca a él, le paga una cerveza, le obsequia su mejor sonrisa de bestia servil. El hindú pone los ojos en blanco y suspira resignado.

Es la señal convenida, claro. La cuenta regresiva, alcanzando los números de un dígito.

Forma saca de su bolsillo las fotos plastificadas y las mira fijo.

Fotos de la Tierra vista de lejos. La Tierra desde la superficie de la Luna. Azul y verde veteado por una poderosa eyaculación de nubes. Sí, fotos que preocupan a los amigos de Forma, fotos que ocupan el lugar que deberían llenar mujeres de pechos amplios como galaxias y tajos calientes como novas.

—Cuénteme, por favor. Una vez más —ruega Forma, como si alguien fuera a apagar la luz, como si de eso dependiera la huida al eclipse total del sueño.

—Ya se lo dije. Se lo dije una y otra vez —repite el hindú—. No recuerdo nada. No tuve miedo. Fui. Hice mi trabajo. Planté una de esas estúpidas banderas rígidas y sacamos fotos. Y después volví. Nada importante ocurrió. Estábamos demasiado ocupados como para pensar en esas idioteces. "Un pequeño paso para un hombre, un gran paso para la humanidad", ¡ja! No extrañé a mi mujer. No extrañé a mis hijos. No recibí ningún mensaje divino. No había nada allí y, en realidad, nada teníamos que hacer. En mi modesta opinión, una importante cantidad de dinero tirada a la basura... al espacio.

En unos minutos llegará el momento de la noche en que el Orbit comienza a vaciarse. Los viejos astronautas retornarán a sus módulos domésticos en los suburbios. Se subirán a autos viejos, con calcomanías donde puede leerse: *Yo estuve ahí, ¿y qué?*. O: *Blue Moon*. O: *Las selenitas tienen cuatro*. O: *Confieso: soy un lunático*. Alguno de ellos aceptará ofrecer una charla aprendida de memoria en la escuela de sus nietos.

—El otro día volví a ver mi caminata lunar —murmura el hindú sin mirar a Forma, con la culpa de quien le está robando a un ciego—. Mis hijos todavía tienen el video. Y la verdad es que tuve un remoto recuerdo de lo incómodo que era caminar con ese traje. ¿Y sabe lo más divertido de todo? Tal vez no era yo caminando ahí. Es decir... Era yo, claro. Pero daba igual. Podría haber sido cualquier otro, adentro de ese disfraz de mierda. ¡Ja! Podría haber sido usted.

Forma no se conforma con tan poco, claro. Paga una nueva ronda de cervezas e insiste en mostrar sus fotografías. Forma le pide al hindú que las sostenga y las mire. Se las va pasando de a una, como si se tratara de reliquias santas, de recuerdos de un mundo donde aún existía la posibilidad de lo milagroso.

El hindú las mira fijo, las mira sin mirarlas mientras se cuelga al satélite de la última cerveza de la noche. Entonces ríe.

—¡Ja! Si supiera... —dice, sin dejar de reír.

—¿Qué? —le ruega Forma—. Por favor... ¿Qué es lo que tengo que saber?

Son los únicos dos que quedan en el Orbit. Son los dos últimos viajeros de la noche y Forma siente que, con la confesión de alguien que estuvo allí arriba mirando hacia acá abajo, llegará el consuelo de estar más cerca del espacio. Acceder a un sitio un poco más lejano, fuera de la superpoblada superficie de este planeta al que seres más inteligentes decidieron olvidar.

—No... no creo que pueda entenderlo —le sonríe el hindú mientras baraja las fotos de la Tierra con la seguridad de quien tiene la mano ganadora. Termina de jugar con las fotos y comienza a formar una hilera sobre la barra del Orbit.

Póker de Tierras sonriendo. Fotos del mejor perfil del planeta.

Entonces lo dice:

—Oiga, amiguito, usted no entiende. No entiende nada.

Trabajos manuales

Todo esto, estas fotos. Todo es mentira. Escuche: La Tierra *no* es redonda.

Y ya es demasiado tarde, claro. Sólo queda, en la mente llena de ecos de Forma, el recuerdo de la voz de su padre contándole aquella noche perdida en el tiempo. La noche blanca en que todos treparon a los techos y mantuvieron los televisores encendidos, y los puntos plateados de cada una de esas pantallas parecían el eco sensible de todas esas estrellas ahí arriba.

Todos miraban al cielo esa noche. Todos contemplaban la paradoja de llegar tan lejos para experimentar el sencillo gozo de volver a pisar el punto de partida, el suelo bajo los pies. Todos tendrían dolor de cuello a la mañana siguiente; pero ahora miraban la luna con la excitación apenas disimulada de quien espera que esa mujer se arroje desde un balcón, que ese acróbata calcule mal la distancia entre un trapecio y otro, y caiga castigado por la soberbia de haber subido demasiado alto, demasiado lejos de la forma de la Tierra.

Esa noche —piensa ahora Forma— volvieron a ser los del principio. Fueron como los antiguos que adoraban al sol, a la luna, a las estrellas, con la sufrida seguridad de quien ama aquello inalcanzable. Apuntaron a los cielos vacíos de toda carrera espacial porque en ese gesto inútil se distraían de pensar demasiado en el suelo que pisaban, en la gravedad de la ley de gravedad atándolos a lo finito de su mundo, al final de una historia dentro de un universo que sería siempre un traje demasiado grande para sus anatomías.

Ahora, en cambio, en el Orbit, es hora de cerrar, de contar las monedas, de ordenar las filas de vasos lavados, de empujar calle arriba a los astronautas borrachos de estática terrestre.

Rodrigo Fresán

Es tiempo de que alguien anule los neones del Orbit, con la misma indolencia con que otros apagan velas en un cumpleaños o soplan estrellas en una constelación tan lejana que ya nunca nadie sabrá si existió, o si existe, o si alguna vez existirá.

La Forma del Agua

De agua son, y tarde o temprano están condenados a evaporarse en el aire de la tarde, o a ser asimilados por la tierra de este planeta rodeada de dos terceras partes de agua.

De agua son: el cuerpo humano está constituido por un setenta por ciento de líquido. Son frascos donde se envasan olas de Hokusai, maremotos, o reflejos horizontales.

A veces se agitan antes de usarse.

A veces sueñan con el agua de donde salieron, con el agua que son, con el agua adonde volverán.

Soñar con agua.

Las mujeres sueñan con olas gigantes, con transparentes metáforas de espuma y maternidad anhelada.

Los hombres sueñan con agua cayendo del cielo, muy despacio. Tan despacio que se puede leer lo que dejan escrito en la página del suelo. Tan lento que los hombres tienen tiempo de aprenderse los nombres de todas y cada una de las gotas.

Soñar con agua es la más común de las actividades neuronales, el más húmedo de los hobbies.

Soñar con agua, según los más dedicados diccionarios oníricos —libros que la gente vuelve a leer una y otra vez, intentando arrancarle un sentido a esa tercera parte de su vida que se les escapa cuando cierran los ojos y, acostados, se les ocurren cosas raras—, está ligado con la idea de: *a)* ahogarse; *b)* ser arrastrados por los acontecimientos; *c)* haber alcanzado buen puerto después de tantos siglos navegando; *d)* haber conseguido invitación para el VIP de un oasis de difícil acceso.

La forma del agua reconoce tanto la silueta del diluvio que condena —el agua bíblica hundiendo la soberbia del hombre; el agua atlántica inundando hasta la última recámara del *Titanic*— como la humedad del milagro que, a la mayoría de los mortales, se les escapa entre los dedos.

Agua que no has de entender, déjala correr.

Ahora, las aguas de la memoria.

En algún lugar, bajo la lluvia, alguien recuerda —con los brazos abiertos recibiendo el agua que cae del cielo— toda el agua que corre por los pasillos de su memoria:

Agua bajando por los peldaños de las escaleras de la casa de su infancia. (Puede verla: fluyendo sobre las alfombras, al ritmo de las escobas que danzan su coreografía cósmica.)

Agua sobre el desierto australiano donde está enterrado su amigo Mike, el único amigo que alguna vez tuvo. (Puede verlo: dingos amarillos, marsupiales color petróleo y una blanca familia de chefs lanzando agradecimientos gregorianos a las nubes.)

Ha pasado tanto tiempo, tantos miles de kilómetros desde esos ocho años que tenía cuando vio por primera vez ese film de Walt Disney llamado *Fantasía*.

Trabajos manuales

Lo llevó a verlo su Tía Ana (la que varios años más tarde desapareció en las arenas del rally París-Dakar). Fue en ese angelical cine donde se convirtió en el Aprendiz de Brujo. Un cine con olor a flores marchitas y caramelos rancios, donde sucumbió al encanto de la danza de las escobas y a la certeza de que las aguas debían ser liberadas, donde entendió por primera vez que alguien debía arriesgarse a abrir la llave de paso de todas las fuentes, para contemplar la idea de un Nuevo Orden Universal.

Ya lo contó más de una vez.

Pero quiere volver a contarlo.

Abrió todas las canillas. Inundó su casa. Arruinó varias generaciones de alfombras y descubrió ese ritmo privado con el que bailan el cosmos y todas las escobas de este mundo.

Más tarde, en algún momento, él desapareció. No tiene mucho sentido precisar aquí lo que ocurrió en esos años. Las cosas que vio. Las conclusiones a las que arribó, del mismo modo en que alguien cava un pozo durante la noche para acabar descubriendo —allí abajo y con las primeras luces del amanecer— su propio rostro sonriendo desde un espejo de agua oscura.

Sea suficiente decir que él bebió todas las aguas hasta llegar aquí, hasta conjurar definitivamente el Pánico de la Huida Considerada. Hasta convencerse de que no debía moverse de aquí —todavía está con los brazos abiertos, todavía recibe en su cuerpo el agua que cae del cielo—, hasta que se hicieran presentes los elementos necesarios para la construcción del milagro: curar a una joven, curar el agua contaminada de sus venas.

La joven se llama Selene.

La joven llegó hasta él impulsada por los mecanismos

de las malas telenovelas: una tempestad de casualidades que acabó revelándole a él quién era ella.

La joven llamada Selene es la hija de Alejo, la hija de su hermano menor.

Ahora él lo sabe. Así como sabe que Selene fue —y seguirá siendo, si no se cumple el milagro— la más dedicada fugitiva del Pánico de la Huida Considerada.

A veces le gusta pensar en su hermano Alejo y en sí mismo como hermanos pescadores. Alejo y él personificando a dos jóvenes obsesionados por las palabras que se mezclan con el lodo y las piedras del río, de ese gran río que corre como una avenida por todo el planeta, fluyendo desde los cimientos del tiempo.

Alejo y él... Pero ésa es otra historia.

El tema de hoy es el milagro.

Y ahora él escucha una voz a su espalda. Es Selene, que lo llama desde la galería de la casa, esa casa tan parecida a las casas de su pintor favorito, aquel pintor llamado Edward Hopper.

Selene le dice que entre, que está loco, que se va a enfermar.

Enfermar, repite él. Pero no, no se va a mover de ahí, le contesta. No va a protegerse de esta tormenta de agua hasta que algo ocurra. Hasta que se produzca un mínimo acto de justicia, que garantice la existencia cierta de aquella vieja armonía del Todo Universal. Aquella vieja e inolvidable melodía que ahora vuelve a alcanzarlo, con débil fuerza —pero fuerza, al fin.

Agua hirviendo en ollas abolladas: aquella última noche en la cocina del Savoy Fair, en Londres, horas antes de la caída final de Roderick Shastri, el despótico *chef* que murió poco después, en una prestigiosa clínica psiquiátrica de las afueras de Londres, en circunstancias no del todo claras.

Ahora vuelve a oír esa música.

La música que desbordó el agua de sus oídos, aquella noche en que el Aprendiz de Brujo experimentó por primera vez el intimidante regocijo de saberse Maestro Hechicero.

Ni siquiera intentará aquí explicarles lo que se siente.

Sería un ejercicio tan triste y malvado como describirle un atardecer a un ciego de nacimiento. Pero un ciego de nacimiento puede entender el agua, porque el agua es el más y el menos complejo de los milagros. Cuando un elemento reconoce ambos extremos de la escala de dificultades, esos extremos se anulan, y entonces sólo permanece la obviedad de lo inexplicable, de lo que no requiere ninguna explicación para ser comprendido.

Bajo la lluvia, ahora, oyendo esa música, a él no le cuesta asumirse como un ciego de nacimiento. Como un hombre de visión privilegiada. Alguien que, por no saber mirar la mayoría de las cosas, se convierte en el perfecto destinatario de momentos de visión total y absoluta.

Esto es Cinerama, después de todo.

Lawrence de Arabia en un cine de la avenida Rivadavia. Un cine lleno de arena sedienta y de hombres dispuestos a matar o morir, y no por agua sino por no resignarse a la idea de un destino insalvable, escrito de antemano.

Cuando terminó de ver esa larga película —la vio dos veces seguidas— recuerda que salió del cine, que llovía más que en la Biblia y que, sí, el mundo le parecía, de improviso, repleto de infinitas posibilidades.

Ahora también.

Allí está, parado bajo la lluvia, con los brazos abiertos.

Selene le grita que entre, que está loco. Pero él no se va a mover de ahí.

¿Y sería muy soberbio jurar aquí que el milagro se ha producido, después de todo? ¿Que ella será curada con la inyección del último relámpago? ¿Que todo va a terminar bien, porque la lluvia y la bendición del agua pueden y deben ser el más feliz de los prodigios?

Difícil de creer.

Permítanle entonces —personas escépticas, testigos de poca fe—, permítanle jurarles que el milagro ha comenzado a tener lugar. Déjenlo convencerlos de que los engranajes del milagro se mueven, bien aceitados, como aquella primera vez que vio el mar, cuando era chico, junto a su padre, y le preguntó a su padre si las olas tenían adentro engranajes que las movían, y su padre se rió y las gaviotas se asustaron. Permítanle jurar que todo comienza a estar en orden, que todo va a estar bien, a partir de este momento.

Selene le grita algo, pero él está sonriendo; ya no la escucha.

Él es ahora la electricidad del cuerpo. El cortocircuito de lo imposible. El feliz teorema que explica los mecanismos tan obvios como invisibles de la casualidad.

Él es el tipo que sonríe todo el tiempo, ese que camina como si flotara a un centímetro del suelo.

Ahí está.

No va a moverse de ahí.

LA FORMA DEL FINAL

*La leyenda aquella sobre personajes
huyendo de sus autores...*

JOHN CHEEVER

La Forma de la Religión

"Querida mamá, espero que todo esté bien por casa...", empieza la carta de Cindy.

Y sigue con un chiste texano: "Cuentan que el día que Dios hizo a Texas estaba cansado, porque ya había organizado todo el universo, y decidió terminarla al día siguiente, al séptimo día. Cuando volvió, a la mañana siguiente, descubrió que el paisaje estaba ya duro y gris y que nada podría crecer allí. Entonces, sin ganas de volver a empezar, Dios pensó: *Ya sé, voy a crear personas a las que les guste así.* Y Dios creó a los texanos".

El mismo día en que una estación local emite una entrevista al joven méxico/texano de 24 años Robert Rodríguez —director de un film de U$S 7.000 llamado *El Mariachi*, un film que cuenta los riesgos y las peripecias de asumir identidades equivocadas, una telaraña de pólvora y sangre a partir del equívoco de ser quien nunca se fue—; exactamente esa mañana, el texano David Koresh decide anunciarle al mundo entero que él es Jesucristo, que el fin del mundo está proximo y que tiene en su poder interesante evidencia al respecto.

Todos van a creerle a David Koresh, del mismo modo

en que alguna vez le creyeron al eficaz resucitador de Lázaros. Claro que, para resucitar a alguien, primero se necesita que ese alguien esté muerto. Es una mañana perfecta para fabricar cadáveres: observen a David Koresh trepar a los techos de su bunker modelo *Aleluya* en algún lugar de Waco, Texas, llamado Monte Carmelo, rifle de repetición en mano, más que dispuesto a que esta mañana sea inolvidable.

David Koresh —no tardarán en desenredar los cables y descifrar los teletipos— es el líder de los Davidianos, secta escindida de la Iglesia Adventista del Séptimo Día, "un grupo de setenta y cinco fanáticos, defensores del amor libre, que esperan el fin del mundo convencidos de que Cristo ha vuelto, de que está con ellos y es su líder".

A David le encanta la cerveza y tocar en su guitarra canciones que no tardan en desbarrancarse por los desfiladeros de la inocurrencia. A veces, cada vez menos, ofrece una bastante aceptable imitación de Bob Dylan cantando "When He Returns" a sus quince esposas.

Su esposa favorita se llama Cindy. David Koresh no recuerda su apellido pero, sí, es Cindy quien ahora escribe —en algún rincón del tiroteo con las fuerzas del orden que han rodeado el rancho de Monte Carmelo— una sentida carta a su madre, a quien hace tanto que no ve.

Cindy empezó siendo groupie de un cantante country, para después convertirse en chica moonie hasta mutar un día a chica davidiana. No es que se haya creído que David es Jesucristo; pero David es más divertido que el reverendo Moon, y no hay que salir a vender flores por las calles. La canción favorita de Cindy es "Losing My Religion".

Así escribe Cindy: "No te preocupes, mami, está todo bien. Seguramente habrás visto las noticias por televisión

Trabajos manuales

y estarás preocupada; pero no es para tanto. Me parece que vamos ganando..."

Afuera, bajo el sol sin defectos de Texas, varios agentes especiales de la ATF (Oficina de Alcohol, Tabaco y Armas de Fuego) miran ya sin ver el cielo tan azul, mientras la sangre se les escapa por esos agujeros que les inventó la furia del Señor.

Más vale que lo vayan sabiendo: David no tiene la menor intención de resucitar a estos muchachos de pelo cortado al rape y perfil de acero. Mírenlos morir como lagartijas, en algún lugar de Waco.

Los agentes especiales de la ATF llegaron al bunker davidiano con la puntualidad de legionarios romanos, motivados por las declaraciones de las víctimas, confiados en aquello de la otra mejilla. Las víctimas dejaron de creer en Koresh para creer en cualquier otra cosa, relataron a la prensa que el Cristo de Texas "abusaba de los niños y mantenía relaciones sexuales con menores". Y eso no está bien. No, señor, pensaron los agentes especiales de la ATF, no queremos degenerados en Waco. Todos esos loquitos pueden irse a vivir a Manhattan —ciudad donde esa peliculita rara, *El Mariachi*, es el éxito *cult* de la temporada— y hacer volar el World Trade Center. Aquí somos gente tranquila y respetuosa de Dios.

Varias horas más tarde, unos cuatrocientos hombres fuertemente armados rodean las 33 hectáreas davidianas y esperan que todo termine, que David libere al último niño de la secta, para así poder entrar y crucificarlo con plomo caliente.

Un hombre de traje verde y mirada triste llamado Alejo observa todo el asunto, en brillantes colores de televisor de hotel. Los colores no están bien graduados y, por momentos, Alejo tiene la inequívoca impresión de estar viendo uno de esos dibujos animados de la Warner Brothers: tiros y gritos y patos y conejos precipitándose desde los tejados. Alejo se pregunta si el armamento utilizado será cortesía de Acme Inc.

En Waco —y transmitido en directo por la televisión— un periodista veterano recuerda a Jim Jones. Un policía novato le pregunta asombrado si todo eso de Guyana fue cierto: "Siempre pensé que era una película. Hace poco la volví a ver en video".

El periodista veterano no contesta pero piensa que pronto, muy pronto, los novatos policías de este mundo creerán que John Fitzgerald Kennedy fue apenas el personaje de un film demasiado hablado. El periodista veterano mira el horizonte como si estuviera midiéndose un traje. Ah, poder vestirse con las telas de ese horizonte y desaparecer para siempre de las cámaras televisivas, descansar en un sitio donde nadie lo conozca. El milagro imperfecto de un círculo en la frente hace sus deseos realidad: Alejo ve cómo se derrumba el periodista veterano, con un suspiro, y piensa que mañana van a enterrarlo en unos pocos metros de ese horizonte.

Mientras tanto, David Koresh exige la puntual y periódica emisión de un mensaje grabado de 58 minutos por las dos estaciones locales de radio.

Una y otra vez.

Cada vez que emiten la grabación, David Koresh libera a dos niños.

"Tengo 33 años", dice David Koresh en el mensaje.

"Soy Cristo. Pero ser Cristo no significa nada", dice David Koresh.

Mientras tanto, la carta de Cindy concluye. "Espero es-

Trabajos manuales

tar por allí para las Navidades", concluye la carta, en un lugar que se parece bastante al fin del mundo, después de todo. Gritos y disparos y cámaras y voces amplificadas y gloria. La gente comienza a cansarse de la voz de David Koresh en la radio, y sale a los patios a vaciar sus revólveres domésticos y sus rifles domésticos, con gritos de rodeo.

Alguien más va a morir sin darse cuenta.

Es un día tranquilo en Waco, Texas.

Días tranquilos en Waco y noches movidas en Madariaga.

Donde hubo fuego cenizas quedan. Contemplen ahora —aquellos que pueden hacerlo; Alejo, por ejemplo— el elegante ascenso del Espíritu Santo, elevándose desde las ruinas de Waco para posarse sobre la controversial estructura de una casa en Madariaga, provincia de Buenos Aires, Argentina.

Forma le dice a Alejo que no puede ser, que lo piense un poco, que está equivocado, que debería abandonar de una vez por todas el consumo de sustancias controladas.

Pero no hay caso.

Para Alejo, David Koresh *era* Jesús.

Alejo le cuenta a Forma que estuvo en Waco el día que comenzó el asedio al enclave davidiano.

Alejo le muestra una bolsita de polietileno llena de tierra.

Tierra santa, sonríe Alejo. Tierra de Waco.

Alejo mira fijo a Forma y apela a su as en la manga. Le arroja esa implacable pregunta de esfinge: "¿Cómo se explica entonces que las tapas de *Time* y *Newsweek* hayan sido exactamente iguales, eh?" Y ahora Alejo le tira por la cabeza a Forma las tapas de *Time* y *Newsweek*.

Alejo tiene razón, en las dos tapas sonríe David Koresh fotomontado contra un infierno de llamas lamiendo los flancos del Apocalypse Ranch.

¿Milagro?

El tiempo dirá.

Alejo ahora insiste en que el Espíritu Santo de David Koresh se encuentra en Madariaga.

Y hacia allí parten, Alejo y Forma, el auto inundado de papeles y de recortes de diarios y revistas.

Pruebas incontestables de que el culto se despierta: un tema del flamante grupo Koresh People, una canción que no es más que una astuta mutación de un hit de los últimos '70, comienza a trepar los escalones más altos de los charts. Escuchen: "Waco Waco Man, I wanna be a Waco Man!".

Alejo y Forma escuchan la canción a bordo del auto. Camino a Madariaga, derecho hacia la casa donde supuestamente habita el sagrado fantasma, el Espíritu Santo de David Koresh. Mientras tanto, el tema "Waco Man" trepa al tercer puesto del American Top Forty, con tendencia alcista.

La supuesta mudanza de David Koresh a un caserón de provincia es, para Alejo, el nuevo capítulo de una novela que bien podría titularse *Mala Suerte*.

Alejo ha probado todo para sacudirse su falta de buena fortuna: vudú, homeopatía, danzas derviches, meditación submarina. Cualquier disciplina que ustedes elijan Alejo la ha frecuentado como quien persigue a su propia sombra.

Ahora están en Madariaga, en las afueras de una casa que poco tiene que ver con la obvia arquitectura de una casa embrujada: no está en la cima de una colina, no se adivina la conversación de murciélagos custodiando sus flancos, no hay luces misteriosas detrás de las ventanas. Pero eso no importa. Porque, después de todo, no cuesta mucho arrancarle cierta coherencia a todo este asunto. No cuesta mucho buscar la sombra de lo sobrenatural si uno cree *realmente* en algo conocido como Dios.

La casa parece deshabitada y Alejo le confirma a Forma —extrayendo un arrugado recorte de un diario— que fue abandonada, después de que todas las cosas empezaran a levitar y volar por el aire: escobas, vasos, zapatos, un caballito de plástico.

Alejo le propone a Forma que entren. Forma dice que no, que mejor esperar. Pero entonces Alejo grita que ahí está, que acaba de verlo.

Señala una de las ventanas y es cierto: un juego de luces produce la impresión de un rostro joven y barbado al otro lado del vidrio. Alejo enciende un fósforo y estrangula un diario hasta convertirlo en precaria antorcha. Y, antes de que Forma pueda detenerlo, ya está adentro.

Entonces es el estruendo de todas las cosas voladoras confundiéndose con los gritos de Alejo. Y la verdad es que Forma no puede evitar reírse por lo ridículo de la situación, mientras una cortina estalla en llamas y enseguida una mesa, y la casa no tarda en arder como una adolescente que abre por primera vez las piernas.

Alejo sale disparado por una ventana, su traje verde número 428 emitiendo señales de humo en la noche de Madariaga.

Alejo se pone de pie con una sonrisa triste y le susurra a Forma: "Te juro que lo vi, te juro que estaba ahí".

Forma intenta cambiar de tema antes de que Alejo se ponga a llorar. Porque Alejo ahora tiene *esa* cara que pone justo antes de *eso*.

Se necesitaba tanta agua para apagar tanto fuego que supieron conseguir.

Para distraer a Alejo, Forma le dice que, si a *Waco* se le agrega una letra *k* hasta convertirlo en *Wacko*, significa loco o excéntrico, según el *Dictionary of American Slang*. Forma le cuenta, además, que Waco era el nombre del avión preferido de William Faulkner. Y le ruega que no se preocupe, le recuerda aquella cartulina en blanco y negro con el estúpido de James Dean, le recuerda las maravillas de su aeropuerto preferido, mientras los ojos se iluminan apenas con el remoto destello del más inútil de los reconocimientos.

Alejo no lo sabe —¿cómo saberlo?— pero en el momento exacto en que las primeras columnas de humo negro comenzaban a elevarse desde el centro mismo del Apocalypse Ranch en Waco, Texas, Forma estaba mirando una de las tantas reproducciones de *La Ultima Cena* de Da Vinci, multiplicadas como si se tratara de panes y peces por un tal Andy Warhol. Uno de sus últimos trabajos antes de morir. De morir, dicen, por múltiples torpezas del hospital donde estaba internado, a propósito de una rutinaria operación de vesícula.

A los pocos días —ya de regreso en Buenos Aires— Alejo miró el cuadro de cerca. Alejo no estaba en buenas condiciones.

Hacía tiempo que no estaba en buenas condiciones.

Desde los duros y formidables años '80, desde esos días tan parecidos a los duros formidables días de los '60 en The Factory, en New York, cuando el arte venía dentro de latas de sopa.

Alejo piensa seriamente en morirse. Piensa en Andy Warhol en su cama del New York Hospital, pensando —según su propia *Filosofía* editada algunos años antes de ser internado allí:

a) "Cuando oigo hablar de la muerte lo siento tanto";

b) "No creo en la muerte porque no estás ahí cuando ocurre. No puedo decir ni una palabra sobre la muerte porque no estoy preparado para ella";

c) "Cuando llegue el momento, me gustaría simplemente desaparecer; aunque no me desagrada la idea de reencarnarme en un gran anillo en el dedo de la Taylor".

Una cosa es cierta: a Andy Warhol no le gustan los hospitales.

En 1968, días después de que Valerie Solanas hubiera vaciado un cargador calibre 32 en su pecho pálido, Andy Warhol, recibió la visitación de un niño que todavía no era David Koresh, en su habitación del Columbus Hospital. Un niño que aún no era el Jesucristo de Waco, pero que ya pensaba en abrazar los riesgos y las dulzuras de convertirse en Mesías.

El niño Koresh volvió a aparecérsele en The Factory algunos meses después. David Koresh había tropezado en una revista con esa foto de Andy Warhol tomada por Avedon donde el Ecce Homo del exhibicionismo moderno compartía sus cicatrices con el mundo.

"Tengo tantas costuras como un vestido de Dior", dijo Andy Warhol.

David Koresh no pudo sino pensar en aquellos santos antiguos con sus torsos atrayendo flechas como imanes desde los rincones más lejanos del mundo para la gloria del Señor.

Andy Warhol —nadie pudo entenderlo— le obsequió un

retrato a David Koresh. Después de fotografiarlo contra un fondo blanco nube, Andy Warhol pintó a David Koresh en colores brilantes, con las pupilas volteadas hacia las alturas. Y no le cobró nada. ¿Milagro?

Nadie sabe que ese cuadro ardió en una de las tantas habitaciones en la casa del Señor, en el Apocalypse Ranch de Waco, Texas.

Jesucristo es el hombre más retratado en toda la historia de la humanidad. Más que la botella de Coca-Cola. Más que la lata de sopa Campbell's. Más que que la caja de jabón para lavar la ropa marca Brillo. Jesucristo como producto, diría alguien.

Mientras tanto, Forma sigue con su Waco State of Mind. Pero se avendría a abandonar ese estado para siempre, a cambiar de nombre y domicilio, a entrar al programa de protección de testigos del FBI, a cambio de un pequeño favor, de una mínima gracia.

Nada le gustaría más que Alejo agotara sus quince minutos de fama de una vez por todas. Nada le gustaría más que mirarlo ahora, en las afueras de esa casa en las afueras de Madariaga, y descubrir que —de a poco pero con ritmo sostenido— Alejo comienza a dejar de ser un personaje más o menos divertido para convertirse en una persona más o menos feliz.

Mucho tiempo después, cuando todo ha sido consumado, Forma y Alejo están sentados en espartanas reposeras del Sagrado Hotel de Todos los Santos en la Tierra, gastando las tardes en el inútil ejercicio de precisar cómo había empezado todo.

Frente a ellos pasan —de día o de noche, sus perfiles

siempre iluminados con el inconfundible brillo de la fe—las eternas caravanas de fieles camino a Waco. Los himnos y cánticos llenan el aire como un perfume que desafía al oxígeno y al ozono cada vez más escaso.

Alejo es otro, claro, y Forma —que para bien o para mal se obligó a seguirlo durante tantos años— ya no lo mira como se mira al personaje favorito, sino como a una suerte de deidad alternativa, como el metro patrón a partir del cual medir y descartar todas las historias y personajes que golpeen a su puerta.

Al fondo —en el exacto cierre relámpago del horizonte— se pueden adivinar las luces de la Nueva Waco, la Tierra Prometida. En el centro mismo de la ciudad, explotan los vértigos arquitectónicos del Nuevo Vaticano, alzando sus agujas y sus cúpulas sobre el mismo lugar donde alguna vez había ardido como una zarza el Apocalypse Ranch.

Uno de aquellos centuriones del FBI encargados de aquella hoguera es también huésped del Sagrado Hotel de Todos los Santos en la Tierra. Se sienta junto a Alejo y a Forma todas las tardes en la galería y les recita una y otra vez el mismo rollo con voz de Mar Muerto:

—Esperamos a que las cenizas se enfriaran y entramos con palos a revolver los escombros en busca del cuerpo de David Koresh. Nunca lo encontramos, claro. Pero se nos ordenó decir otra cosa. Que, entre las cenizas, aparecieron los restos de un cráneo tatuado con orificios de bala. La verdad fue otra: al final del tercer día lo vimos venir hacia nosotros barnizado por una luz similar a la de las películas bíblicas. Nos miró a los ojos sonriendo y nos preguntó si ahora creíamos en él... Caímos de rodillas. Mi pelo se volvió blanco de un segundo a otro. Horas más tarde supimos de su aparición en Canciones Tristes, de la multiplicación de Big Macs y Coca-Colas.

El viejo centurión continúa hablando. Pero no dice nada nuevo. Vuelve a empezar con la cansada disciplina de una grabación para turistas. La misma historia una y otra vez. Mensaje en un contestador automático al final de la noche.

Alejo y Forma escuchan su monólogo, atentos a la sombra de algún detalle que se les pueda haber escapado en emisiones anteriores.

Tienen, sí, mínimos indicios del génesis de esta historia.

La llegada del Mesías David Koresh fue sólo el principio.

Luego vino la epidemia de pacientes que —en los divanes, frente a sus psicoanalistas— aseguraban haber sido víctimas y participantes en ritos satánicos durante su infancia. Sus padres los habían obligado a llevar velas negras e inclinarse ante el sexo de machos cabríos que esperaban en oscuros pesebres, en graneros de Wyoming o de Arkansas, la sangre virgen de los inocentes.

Así —de a poco pero con ritmo constante— fue derrumbándose el orden establecido de todas las cosas y hasta los escritores de este país abandonaron las danzas minimalistas y las prolijas expediciones al naturalismo de lo cotidiano para volcarse con pagano entusiasmo a las complejas coreografías del realismo mágico.

Fueron días y noches bicéfalos, donde —tarde o temprano— todos acababan volando y precipitándose al estanque de los cielos, como piedras donde germinaban iglesias y cultos y plegarias de savia poderosa.

Alguien decidió bautizar todo el asunto con el nombre de *Síndrome de Falsa Memoria*, pero no tardó en ser arrastrado por las poderosas mareas de lo fantástico.

La realidad pareció entonces convertirse en algo producido por Spielberg & Lucas y hasta el vía crucis privado de Alejo y su mala suerte palideció ante las maravillas que crecían todas las mañanas.

Alejo y Forma se refugiaron en cuevas y cambiaron sus nombres, sabiéndose perseguidos por aquellos que buscaban instalar un nuevo credo que nada tuviera que ver con lo pasado.

Con el tiempo, los fanáticos acabaron siendo víctimas de su propia confusión y del desorden de una mitología con demasiados dioses incompatibles.

Entonces amainó la tormenta y se rescató la vida, pasión y muerte del Cristo de Waco.

Y Forma y Alejo volvieron a caminar entre los hombres. Y alquilaron de por vida un par de habitaciones aquí, en el Sagrado Hotel de Todos los Santos en la Tierra.

Por eso, ahora, todas las tardes, despliegan sus reposeras como estandartes que esperan y saludan el retorno de David Koresh. Alejo le pide a Forma que le cuente otro final, que le regale una nueva y última posibilidad a su historia.

Entonces Forma le cuenta una alternativa.

En esta alternativa final, Alejo sostiene cierta postal de James Dean en una mano y un revólver en la otra. A la distancia, tan sólo el accidente de una casa distrae el horizonte recto y vacío. Alejo no lo sabe, pero ésa es la casa donde viven su hija Selene y su hermano mayor. Alejo no sabe que ha llegado hasta allí, que ha llegado tan cerca. Alejo ha bajado del auto y ahora piensa en llevarse el revólver a la cabeza y apretar el gatillo y terminar con todo. Alejo piensa que —si el revólver no funciona, si su mala suerte le ofrece esta nueva vuelta de tuerca— va a llegar caminando hasta esa casa, va a llamar a su puerta, va a pedir refugio y quizás encuentre ahí algo parecido a la felicidad.

Alejo apoya el frío del caño y la promesa de la bala contra su sien y...

¿Y qué pasa?, le pregunta Alejo. ¿Qué pasa? ¿Me muero o no me muero?, insiste.

Forma le contesta que no está del todo seguro todavía, que mejor esperar un poco. Esperar, tal vez, el retorno de aquel que traerá todas las respuestas y todos los finales. Aguardar su llegada, que los liberará de esta absurda ficción para volver a ser personas y personajes más o menos normales. Esperar su arribo, para recibir los últimos ritos de su propia mano y reencarnar en cualquier otro sitio, lejos de todo esto, lejos de Waco.

La Forma del Final

Si se fijan bien —si se acercan un poco— el libro que estaba escribiendo Forma tantas décadas atrás se titula *Chapa & Pintura / Memorias de una Sobreviviente de Talleres Literarios*.

En la página 5 la narradora femenina del libro dice:

> El Maestro se sentaba en la cabecera y leía con cejo fruncido y mordiendo su pipa. Los alumnos ya habían leído sus frágiles esqueletos narrativos, sus terrores y anhelos pasados a máquina a doble espacio. El Maestro era algo así como el paradigmático escritor de los '60: la leyenda viviente en la que sólo él mismo y un puñado de acólitos creían. Pero con eso alcanzaba para desarrollar pose y pretensiones dignas de un Jehová de mesa de saldo. Una vez que el Maestro hubo destruido todos y cada uno de los bocetos presentados esa noche por los alumnos, con esa mezcla de amor y espanto con que se propicia un sacrificio, me miró fijo y me preguntó, sin saber mi nombre todavía, cuántas veces pensaba yo concurrir a tan sagrado recinto, cuánto estaba dispuesta a pagar y, por supuesto, si yo había leído sus libros.

Le contesté que en realidad había ido para ver de qué se trataba todo el asunto, cómo funcionaba un taller literario. Fue entonces cuando el Maestro bramó que él era demasiado conocido y mayor de edad como para someterse a exámenes de extraños. Yo, claro, pensé en contestarle que, antes de comprar Madame Bovary, *me había tomado el atrevimiento de hojearlo en la librería, sin que eso haya significado el inicio de un proceso inquisitorial contra Gustave Flaubert. Pero me quedé callada y no dije nada. Nunca me perdoné haber quedado en silencio, haber permanecido hasta el fin de la sesión, haber vuelto una y otra vez allí, como quien le ha prometido a la Virgen meses y meses de sufrimiento a cambio de un milagro que nunca ocurrirá.*

El libro no está narrado por una voz femenina: también está firmado por una mujer. Pero lo escribió Forma, fantasmal y bajo seudónimo. Lo escribió en una época en que abundaban los talleres y talleristas literarios. Ahora, ya a casi nadie le interesa escribir; y, si así fuera, alcanzaría con inyectarse un par de horas de *Inktoplasm Memory* para conversar con Charles Dickens, en lugar de tener que soportar a alguien hablando de Charles Dickens como si se tratara de un antiguo concurrente a su taller literario.

Forma recuerda que de tanto en tanto él también incurrió en la soberbia de agregar unas cuantas sillas a su mesa de escribir, comprar una cafetera más grande y dejar caer sus palabras, una a una, como si se trataran de fichas latiendo en un taxímetro.

Forma también fue un Tallerín. Un complejo mandarín de taller literario, escurridizo como un fideo en aceite.

Trabajos manuales

Uno de esos Tallerines que, de vez en cuando, se juntaba con otros Tallerines para explicar que nadie puede enseñar a nadie a escribir; pero que, sin embargo, no había mejor experiencia para un aspirante a escritor que ir a rendirles esa rara forma de pleitesía.

A partir de semejantes perversiones Forma construyó esa suerte de Anna Frank de taller literario. Una jovencita que pasaba de living en living, de Maestro en Maestro. Una jovencita que no se detendría hasta alcanzar la independencia y —una vez editada y relativamente exitosa— construir la venganza: con su propio taller literario, su púlpito de demencia unidireccional.

Todos los alumnos de Forma están muertos ahora.

Todos aquellos a quienes —de haber sido un hombre justo y responsable— debió haberles obsequiado una lista con veinte o cincuenta libros, una palmada en la espalda y un "buena suerte" de despedida.

Todos sus personajes han muerto también.

No se referirá aquí —por piedad al lector— al modo en que sucumbieron Alejo y Nina, a la manera en que desaparecieron Selene y el Aprendiz de Brujo, al método con que fue exterminada de la faz de la tierra la raza de los Tallerines.

Alcance con precisar que sólo quedó él —animado artificialmente y económicamente inmortal—, para recordarlos de vez en cuando, ante un auditorio que lo mira como si estuviera haciendo un número de magia.

Lo escuchan entre maravillados y envidiosos, atentos a cada movimiento, para ver si pueden descubrir el truco. De algún modo —comprende ahora Forma— sigue vendiendo espejitos y vidrios de colores.

Así, en el centro de las noches en que Forma se despierta y no puede volver a dormirse —aunque haya superado al despertar ese sueño con avión en caída, o ese sueño con dientes que caen—; en cada una de esas noches Forma camina por los pasillos de la Fundación, llega a la gran computadora, teclea la clave para acceder al autodidacta *John Cheever (1912-1982)* y vuelve a insistir con las mismas preguntas de siempre:

¿Por qué seguir? ¿Cómo hacerlo? ¿Cuál es el sentido final de todo esto?

Forma ha ensayado variaciones del interrogatorio, ha construido trampas esperando hacer tropezar la memoria de ese hombre muerto convertida en impulso eléctrico.

La respuesta —sin embargo— es siempre la misma.

La respuesta es una anotación de los diarios privados de Cheever que, a su muerte, exhibieron y comercializaron los pérfidos familiares que tanto lo sufrieron en vida. Una anotación fechada en 1948. Un ramo de líneas que todavía hoy despide perfume:

Escribir bien, escribir con pasión, ser menos inhibido, más cálido, más autocrítico, reconocer tanto el poder como la fuerza de la locura, escribir, amar.

Después de la respuesta, Forma apaga la terminal de la gran computadora en el Salón Central de la Fundación y culmina sus oraciones con la pausada recitación de "In my Craft or Sullen Art". El poema de Dylan Thomas —el poema favorito de Forma— habla de ese oficio o arte sombrío.

Forma lo recita despacio, buscando la mejor invocación de todas esas cosas que ya no son.

Trabajos manuales

Los amantes yacen en el lecho con todas sus tristezas en los brazos, recita Forma.

El hombre altivo se aparta de la luna colérica, recita Forma.

Y los muertos encumbrados entre sus salmos y ruiseñores, recita Forma.

El poema se refiere a la soledad de quien escribe. La soledad que debe ser preservada. La soledad del escritor de larga distancia, luchando con la forma de la noche y la indiferencia de esos amantes que *no pagan con salarios ni elogios, y no hacen caso alguno de mi oficio o mi arte*.

Al llegar al último verso, uno de los jóvenes guardias nocturnos de la Fundación descubre a Forma y le explica con cierta agitación que los radares detectaron un intruso en el Salón Central, y que jamás hubiera imaginado que se trataba de él.

"Debe ser más cuidadoso y avisarnos de su presencia", agrega. "Las órdenes son disparar primero y preguntar después".

Forma le contesta que tal vez eso no hubiera sido tan mala idea, después de todo, y el joven guardia nocturno lo mira como si estuviera loco. Como se mira a un escritor, en estos tiempos. Como se mira a alguien que todavía funciona impulsado por el eco de una historia, alguien que pertenece a la banda de aquellos que trabajan en la oscuridad y —según decía Henry James— "hacemos lo que podemos, damos lo que tenemos. Nuestra duda es nuestra pasión y nuestra pasión es nuestra empresa. El resto es la locura del arte".

Mientras el joven guardia nocturno escolta a Forma hasta su habitación, le confiesa que le gustaría escribir, pero que no sabe cómo hacerlo.

Forma sabe de la existencia de unas cuantas logias aisladas, grupos de jóvenes interesados en practicar la literatura con el mismo énfasis con que ciertos surfers buscaban la ola perfecta durante los últimos años del siglo XX.

La literatura como deporte peligroso, después de todo.

Forma le pregunta al joven guardia nocturno si lo pensó bien, si sus padres lo saben, si es consciente de la cantidad de tiempo que va a necesitar.

El joven se encoge de hombros y no contesta. Es obvio que ya está pensando en otra disciplina, en otra contundente variación de arte marcial.

Y así llegamos al final de la película, al momento en que comienzan a encenderse las primeras luces del amanecer sobre los últimos compases de la banda de sonido.

Forma se acuesta en su cama, satisfecho por haber pagado —al menos un poco— ciertos pecados de juventud, alejando a alguien de las playas peligrosas de la literatura; preguntándole a ese alguien si sabe nadar antes de cobrarle para verlo ahogarse ante sus ojos.

Los ojos de Forma ahora se cierran, como pesadas tapas corredizas de antiguos escritorios. Forma está cerrando sus ojos, feliz y resignado. Forma sabe que —finalmente, después de tanto tiempo— ha alcanzado su condición de Gran Bestia del Lenguaje.

Forma ya no recuerda cuando soñaba con ese animal pesado y noble que le exigía historias a cambio de su supervivencia y bienestar. Forma ya no recuerda todas y cada una de las historias que se vio obligado a contarle a ese animal pesado y noble, primero con terror y luego con el puro placer de quien se siente arrastrado por fuerzas que no comprende del todo pero que admira y, en ocasiones, cree dominar.

Trabajos manuales

Forma cerró sus ojos y —después de tanto, tanto tiempo— no le preocupó en absoluto que no se le ocurriera nada.

No importa, pensó Forma, ya llegará alguien; ya vendrá una trama desconocida con las alforjas rebosantes y el corazón en la boca.

Forma abre sus ojos en otro lado, y sueña con un avión que cae, con un hombre que sobrevive y con una selva de árboles sin nombre —la literatura, después de todo—, y espera, en el sueño, como alguna vez esperó él, la llegada de alguien que los bautice y los haga reales para el resto de los hombres.

La Forma del Agradecimiento

Una vez leí que un filósofo social neoyorquino le decía a un sacerdote sintoísta: "Hemos presenciado muchas de sus ceremonias y hemos visto bastantes templos. Pero lo que no alcanzamos a captar es su ideología. No podemos captar su ideología". Después de un largo silencio, en que el religioso japonés se sumió en lo que parecían profundos pensamientos, contestó: "Creo que no tenemos ideología... No, no tenemos ideología. Bailamos".

Al corregir estás últimas páginas, me gusta pensar que Trabajos Manuales —un libro que se ha nutrido de tantas fuentes y personas— es un libro que baila. Un libro que baila desde el principio hasta el final.

Así, antes de que la escritura de este libro cierre los ojos por última vez, me permito también asentar aquí que las últimas palabras de D.T. Suzuki —introductor de la filosofía zen en Occidente, hombre inteligente y sensible— fueron: ¡Thank you! ¡Thank you!

Trabajos manuales

Las últimas palabras de **Trabajos Manuales** son las mismas que las de D.T. Suzuki, y supongo que ahí termina toda similitud.

Trabajos Manuales se apresura a celebrar —antes de que se apaguen las luces y saludando desde el horizonte siempre con la mano izquierda— los nombres y las personas de:

* Juan Forn.

* *Andrés Calamaro, Juan Fresán, Alberto Fuguet, Alfredo Garófano, Norma Elizabeth Mastrorilli, Enriqueta Muñiz, Daniel Nijensohn, Federico Oldenburg, Fito Páez, Rep, Cecilia Roth, Guillermo Saccomanno, Sebastián Sancho, Vivi Schwartz, Osvaldo Soriano y David Wroclavsky.*

* *Daniel "Sueco" Alvarez, Carla Castelo & Graciela Mochkofsky, ICI de Buenos Aires, Ignacio "Nacho/Pebete" Iraola, Luis Pollini y Museum Video Club.*

* *Oscar Finkelberg y Ricardo Sabanes.*

* *Revista Claudia, Revista Estación 90, Página/12, Página/30, Revista Pelo, Editorial Planeta, Rewriting S.A.*

* *y todos aquellos que tuvieron que ver con Trabajos Manuales desde alguna conversación bocetada en algún escritorio de alguna redacción.*

* *O aportaron data aquí contenida.*

* *O impulsaron la idea de este libro.*

* *O sugirieron "deberías escribir sobre esto".*

* *O exclamaron "pero cómo pudiste escribir sobre aquello".*

* *O inspiraron —conscientes o sin saberlo, para bien o para mal— algo de lo que se reporta desde estas páginas trabajadas a mano.*

* *y a los libros, y a las películas, y a las canciones, por* *permitirme escribir sobre ellos/ellas; por obligarme a hacerlo sin esfuerzo ni resistencia alguna de mi parte.*

* *y —otra vez y siempre— gracias a Claudia Gallegos.*

¡Gracias! ¡Gracias! y los ojos de este libro se cierran para que se abran los de otro libro.

Buenos Aires, septiembre de 1994

Indice

La Forma de Este Libro	11
LA FORMA DE LO ABSTRACTO	15
La Forma del Principio	17
La Forma de la Mano	20
La Forma del Amor	29
La Forma de la Infancia	41
La Forma de la Familia	45
La Forma del Secreto	49
La Forma del Milagro	52
La Forma del Extranjero	59
La Forma de la Locura	65
La Forma de la Condena	69
La Forma de la Cultura	74
La Forma del Lector	78
La Forma de la Literatura	89
La Forma de la Muerte	93
LA FORMA DE LAS ESTACIONES	107
La Forma del Otoño	109
La Forma del Invierno	114
La Forma de la Primavera	118
La Forma del Verano	124

LA FORMA DEL MEDIO	137
La Forma de la Fotografía	139
La Forma de la Canción	149
La Forma de la Radio	154
La Forma de la Televisión	159
La Forma del Teléfono	165
La Forma del Cine	172
LA FORMA DEL PAISAJE	177
La Forma del Shopping-Center	179
La Forma de Woodstock	187
La Forma del Hospital	195
La Forma de Casablanca	201
La Forma del Insomnio	209
La Forma de la Soledad	214
La Forma del Aeropuerto	231
LA FORMA DE LOS ELEMENTOS	237
La Forma del Aire	239
La Forma del Fuego	245
La Forma de la Tierra	249
La Forma del Agua	255
LA FORMA DEL FINAL	261
La Forma de la Religión	263
La Forma del Final	277
La Forma del Agradecimiento	284

Esta edición
se terminó de imprimir en
La Prensa Médica Argentina
Junín 845, Buenos Aires,
en el mes de octubre de 1994.